フレート・ブライナースドルファー｜著
瀬川裕司・渡辺徳美｜訳

白バラの祈り

ゾフィー・ショル、最期の日々

オリジナル・シナリオ

未來社

Sophie Scholl-Die letzten Tage
Herausgegeben von Fred Breinersdorfer

ＢＢＣを聴くゾフィー・ショル（ユリア・イェンチ）とギゼラ・シェルトリング（リリー・ユング）

大学でビラを撒く決定をするハンス・ショル（ファビアン・ヒンリヒス）、アレクサンダー・シュモレル（ヨハンネス・ズーム）、ヴィリー・グラーフ（マクシミリアン・ブリュックナー）とゾフィー・ショル

最後の行動の前のゾフィーとハンス

大学へ向かうゾフィーとハンス

大学でビラを撒くゾフィーとハンス

ローベルト・モーア尋問官（アレクサンダー・ヘルト）

身分証を調べられるゾフィー

連行されるゾフィーとハンス

審問室。ゾフィーとローベルト・モーア尋問官

房にむかう通路で

出廷するゾフィー

房内のゾフィーとエルゼ・ゲーベル（ヨハンナ・ガストドロフ）

被告席のショル兄妹とクリストフ・プロープスト（フロリアン・シュテッター）

「民族裁判所」でフライスラー裁判官（アンドレ・ヘンニッケ）の前に立つゾフィー

両親（ペトラ・ケリングとイエルク・フーベ）との別れ

写真提供：キネティック
©Jürgen Olczyk

カール・アルト牧師（ヴァルター・ヘス）から祝福を受けるゾフィー

目次

シナリオへの注

　この脚本は二十九日をかけて撮影され、すべての場面と会話を収めたラフカットは合計一八〇分に及んだ。それでは長すぎるという理由によって、二〇〇五年二月から映画館にかけられているヴァージョンは、著しく短縮されたものとなっている。ここに収められた脚本は、短くされる前のオリジナル・ヴァージョンである。

白バラの祈り――ゾフィー・ショル、最期の日々〔オリジナル・シナリオ〕

白バラの祈り――ゾフィー・ショル、最期の日々〔オリジナル・シナリオ〕

フレート・ブライナースドルファー（瀬川裕司訳）

1　クレジットタイトル

タイトル：ゾフィー・ショル、最期の日々
オフでビリー・ホリディが歌う「シュガー」

2　ショル兄妹の住まい、台所、夜・室内

ゾフィーとギゼラ・シェルトリングは、ラジオ（「国民受信機」ではないタイプ）で敵国の放送を聴いている。当時、ＢＢＣは――その局での「ヴォイス・オブ・アメリカ」を通しても――とりわけアメリカのスウィング・ジャズを流していた。ドイツでは、この種の音楽を聴くことは禁じられていた。それゆえに、ふたりの若い女性は、ほとんど耳をラジオにくっつけるようにしている。流れている曲は「シュガー」。音楽にうっとりしているゾフィーの瞳が、ギゼラも同じ様子であることをとらえる。ゾフィーとギゼラはリズムに合わせて机の上を叩く。

ゾフィー　もうすぐ彼女の歌よ。

サックスのソロ。ゾフィーは、現在の若者がじっさいには存在しないギターの弾き真似をするように、サックスを吹き鳴らす動作をする。
ビリー・ホリディの歌声が聞こえてくる。ゾフィーとギゼラはいっしょに歌い、笑う。

Sugar, I call my baby my sugar...
Funny, he never asks for my money...

続いてよく聴きとれる、とりわけフレーズのしっかりした一節が訪れる。

I made a million trips to his lips,
If I wherever be...（?）
最後のセンテンスが聴きとりにくかったためにふたりは歌うことができず、少し笑う。

Cause he is sweeter than,

chocolate can be to me.
He's confectionary... (?)

ふたりはまたしてもいっしょに歌うことができず、笑う。
ゾフィーは時計に目をやり、ラジオを消そうとする。

ゾフィー　ギゼラ、残念だけど、もう行かなきゃ。

ギゼラは彼女を引きとめる。

ギゼラ（懇願するように）まだいいでしょう。

ゾフィーは笑ってその場にとどまり、また机を叩く。

ゾフィー　とにかく黒人って素晴らしいわ。デューク・エリントンにカウント・ベイシー……。
ギゼラ　サッチモ！
ゾフィー　エラ！
ギゼラ　ディジー・ガレスピー！

ゾフィー　それからビリー！　彼女こそ最高よ。

ヴォーカルが終わる。ゾフィーはラジオを消し、チューニングをずらしてため息をつく。

ゾフィー　でもいつか将来、あなたとふたりで、ここミュンヒェンでビリーのコンサートに行ける日が来るかもしれないわ。

ギゼラ　そうなったら素敵ね。

ゾフィー　ほんとうに行かなきゃ。

ギゼラ　ほかにも急いでる人がいるわけね。

ゾフィーは半分ほど中身がつまった書類鞄を手にとる。ギゼラはゾフィーを見つめ、彼女がデートに行こうとしているのではないことを悟る。

ギゼラ　ああ、そっちの用事か！

ふたりは、スウィング・ジャズのメロディーを口ずさみながら部屋を出る。

3　シュヴァービングのフランツ＝ヨーゼフ通り、夜・屋外

空襲に備えて市内が暗くされているため、街には明かりが見られない。

ゾフィーはギゼラと握手をする。

ギゼラ　じゃあ、明日の正午に英国庭園でね。

ゾフィー「ゼーハウス」の前？

ギゼラ　そうね——ハンスに電話してっていっといて。

ゾフィー　わかったわ。

ギゼラ　彼は落ちついてるみたい？

ゾフィー　あんなふうに彼に向かってどなったりしなきゃよかったのよ。(微笑みを浮かべて）彼はもう怒ってないわ。

ふたりは、異なった方向へ歩きはじめる。カメラは少しシュヴァービングを歩くゾフィーを追う。

4　アトリエ、夜・屋外

ゾフィーは、地階に位置する画家のアトリエの入口へと近づく。注意深く周囲を見渡し、取り決められたリズムでドアをノックする。

5　アトリエの地下室[★1]、夜・室内

ゾフィーは室内に入り、背後のドアを閉める。ドアを開けてやったハンスは、すぐに仕事に戻る。

ハンス　遅いじゃないか！　ヴィリーに封筒を渡してくれ。ほら、作業を続けて……

ハンス・ショル、アレクサンダー・シュモレル（シユリク）とヴィリー・グラーフが、違法なビラの印刷に熱心にとり組んでいる。

ゾフィーとともに、私たちは周囲を見渡す。この夜、学生たちのあいだには大いなる緊張と幸福感がただよっている。[★2]ハンスは小型の印刷機の横に立ち、クランクを回す。シュリクが印刷されていない「ザウクポスト用紙」を差し入れ、印刷されたものをとり出す。ヴィリー・グラーフは机に向かい、タイプライターで封筒に宛名を打っている。封筒には、すでにヒトラーの顔の描かれた八ペニヒの切符が貼られている。グラーフはそれぞれにビラを入れ、封筒を糊付けする。宛名住所は、前に置かれたノートに書かれている。

ゾフィーは、書類鞄から二百ほどの新しい封筒をとり出し、ヴィリー・グラーフに渡す。

ヴィリー　これで全部？

ゾフィー　残り全部よ、これ以外はもうないわ。

ヴィリーは封筒を手にとり、タイプライターの横に置く。ゾフィーはビラを一枚手にとり、眉をひそめて小声で読み上げる。

ゾフィー「われわれ国民は、スターリングラードでの敗北に動揺している。第一次世界大戦一等兵の天才的戦術が、三十三万人の同胞を無意味かつ無責任に死へと追いやった。総統よ、われわれはあなたに感謝します、とドイツ国民は叫んでいる。われわれはこの先も、国軍の運命を素人の手にゆだねるのだろうか？　党内一部の卑しい権力本能のために、ドイツの残った若者たちを犠牲にすることを望むだろうか？　けっしてそんなことはない！　決着をつけるべき日は来たのである」

ゾフィーはビラの上で目を走らせる。

ゾフィー　フーバー教授の言葉は消したの？
ヴィリー（ハンス・ショルのほうに頭を動かして）ハンス。
ゾフィー　フーバーは何ていうかしら？
ハンス　怒るだろうな。でも、ドイツ国防軍を英雄化することは避けたいんだ。
シュリク　たったひとつの文章の話じゃないか。

ヴィリー　また埋め合わせはするさ。
ハンス　ゾフィー、ヴィリーを手伝ってくれ……こっちはもうすぐ終わるから。
ヴィリー（ゾフィーに向かって）ウィーン……ミュンヒェン……それにアウクスブルクだ。

ゾフィーは指示に従う。カメラはウィーン、ミュンヒェン、アウクスブルクの住所が書かれた封筒をとらえる。
インサートショット：ビラを印刷し、封筒に宛名を書き、ビラを入れ、印刷の原版を交換し、宛名の書かれた封筒を整理する作業。
刷り上げられたビラが、かなりの高さに積み上げられている。それらはヴィリーが向かっている机の上にある。
シュリクは印刷された紙を印刷機からとり出しては一枚ずつビラの山の上にのせる。
ヴィリーが最後の封筒に宛名を書く。まだかなりのビラ（六センチメートルほどの山が四つ）が残っている。

ヴィリー　ほんとうに封筒はこれだけしかないの？
ゾフィー　そうよ。
ヴィリー　困ったな。

最後のビラ数枚が印刷機の近くで宙に舞う。シュリクがそれらを卓上の山の上にのせる。

ハンス　さあできた。手紙は整理して、原版を廃棄しよう。

あとかたづけがはじまる。ハンスは後方で印刷機を画家の道具類の下に隠す。ゾフィーは棚から、いったんあけられたのちにコルクで栓がされているワインの瓶をとり出す。シュリクは使用ずみのインクのついた原版を「フェルキッシェ・ベオバハター」紙で包み、上着のポケットに入れる。

シュリク（笑いながら）こいつをゲシュタポの郵便受けに入れとくか。

ゾフィー　名刺だけにしとけば。

ハンス（にやにやして）そして明日には、ぼくたちはビラと名刺とともに「フェルキッシェ・ベオバハター」に載っているのさ。

シュリク　そうすれば、安い席のいたるところでお客さんが拍手喝采してくれるよ。

一同、笑う。ゾフィーは整理を終える。ヴィリーがハンスに切手を渡すと、ハンスはそれを書類鞄のなかにしまう。

ヴィリー　ほら、切手。

ハンス　ありがとう。

ゾフィーは棚からグラスを四つとり出し、ワインの瓶にゆるくさしこまれていたコルクの栓を抜くと、グラスのそれぞれに、薄い色の赤ワインを親指の幅ぐらいに注ぐ。その途中で彼女は煙草に火をつけ、煙をすいこんだのち、ハンスに回す。煙草をすったハンスはそれをシュリクに渡す。シュリクもやはり煙を吸いこむと、煙草をさらにヴィリーに回す。ヴィリーは刷り上がったビラの山を指先で叩く。

ヴィリー　残りはどうする?

ハンスはビラの束を手にとる。

ハンス　明日、大学で配布するさ。

短い静寂。ゾフィーを含む全員が驚愕の表情を浮かべる。

ヴィリー（警告を発する口調で）頭がおかしくなったのか?
ハンス（強い口調で）ヴィリー、つい最近もドイツ博物館で女子学生の暴動が起きただろう。機は熟したんだ。
ヴィリー　だからこそ、ゲシュタポも警戒体制を強化してるんじゃないか。どこの壁にも、僕らのスローガンが書かれているしな!

シュリクもこの件で興奮した様子である。

シュリク　次に封筒が手に入るまで、ビラは隠しておくんだ。
ハンス　紙不足だろう。もう封筒なんてないぞ。
ヴィリー　夜中に壁にスローガンを書くだけでも、じゅうぶんに危険だ。それなのに、真っ昼間に大学にビラをもっていくだって？　どうかしちまったのか？
ハンス　ヴィリー、いまこそ行動しなくちゃいけない。いまこそ、街を動かすべきなんだ。
ヴィリー　（ハンスの言葉をさえぎって）スターリングラード後のいまだからこそ、大学にはナチのスパイがうごめいているぞ。

シュリクは及び腰の姿勢だが、ハンスは彼を挑発しようとしているようだ。

シュリク　（苦笑いして）ボルシェヴィキが来れば、スパイなんてひとりもいなくなるさ。
ヴィリー　（シュリクに向かって）君はボルシェヴィキをいちばん嫌っていたはずじゃないか。（ハンスに向かって）ハンス、狂気の沙汰だ！　そんなことはやるべきじゃない。
ハンス　授業時間中に行くよ、それならホールには誰もいないだろう……そしてすぐに逃げ出せばいい。
ヴィリー　危険すぎる！

ゾフィーは深く考え込んでいるようだ。ハンスは、ヴィリーが議論の結果に満足してないことを見てとり、おだやかな口調で語りはじめる。

ハンス　ヴィリー、僕ひとりが責任をとるから。

ゾフィーはヴィリーの疑念が晴れていないことを感じ、ハンスと目を合わせる。ハンスはビラの束を鞄に入れる。彼の決意は固い。ヴィリーは態度を軟化させる。

ヴィリー　頼むから、慎重にやってくれよ！

ハンス　わかってるさ。

ゾフィーは男性たちがおたがいの顔を見ている様子を観察している。基本的な意見の不一致というものは存在しない。彼女はグラスを机の上に置く。

ゾフィー　さあ！

ハンスとヴィリーがグラスに手を伸ばす。シュリクはゾフィーからコルクを受けとると、マッチに火をつけてそれをあぶる。ゾフィーは楽しそうに、シュリクがこげたコルクで自分の顔にヒトラー風のひげを描き、額にもヒトラーのヘアスタイルに似た模様を描く様子を見守る。シュリクはグラスをもつと高くかかげ、「グレーファツ」（当時人々が嘲笑をこめてよく口にしていた、「あらゆる時代を通じてもっとも偉大な軍司令官」の省略形）の真似をする。

シュリク　ドイツ民族共同体のみなさん、われらが総統アードルフ・ヒトラーは、ドイツ国民の名において辞職を決意いたしました。私は自らの人生を、ドイツ国民の没落のために捧げてきました。いまや時が来ました。私は、わが運動の主都たるミュンヒェン発の「白バラ」第六号ビラに脱帽し、自らが軍事における素人であることを認めます。みなさまのグレーファツ、あらゆる時代を通じてのもっとも偉大な軍司令官であるこの私が。

シュリクは手をあげ、ヒトラーそっくりの鋭角な挨拶の姿勢をとる。全員が笑っている。シュリク以外の者たちは踵をならし、手を高くあげて「ドイツ式挨拶」をする。

ゾフィー　総統、あなたは敗北主義者です！

シュリク（ロシア語とドイツ語で）民族の破廉恥漢をごみ箱へ！

同時に彼はコルクをゴミ箱へ投げる。ゾフィーと男子学生たちはグラスを合わせる。

全員　乾杯！

ゾフィーはじっくりと味わいながら貴重なワインを飲む。シュリクはウォッカを飲むときのように一気にグラスをあけ、顔を洗う。ほかの者たちはワインを楽しんでいる。

ヴィリー　ミュンヒェンとアウクスブルクあての手紙は、僕が投函するよ。

ヴィリーが封筒をわける。

シュリク（顔を洗いながら）ウィーンのは僕にくれ。

ハンス　ライペルトを忘れないようにしなきゃ。

シュリク　そういえば、やつもいたな。

ヴィリーが封筒をわきへ置く。

ハンス　ファルクのぶんは、僕が来週ベルリンにもっていくよ。ベルリンのみんなが僕らの新しいビラを配っているところを想像してみろよ！（興奮した表情で）そうすればナチだって、主都にも反対運動が存在していることを理解するだろう。

シュリクの顔の汚れはなかなかとれない。彼は鏡で自分の顔を点検する。

シュリク　ぜんぜん落ちてくれないよ。

ハンス　明日、君がえらそうな態度で教室に現われたら、みんな腕を高くあげるぞ。

一同、笑う。シュリクは顔をごしごしとこする。ワインはからっぽになっている。

ハンス　さあみんな、解散するか。

ゾフィーはまだ水道でグラスを洗い、棚に置く作業を続けている。ワインの瓶も片づけられる。学生たちはコートを手にとって着る。ハンスは鞄をもつ。

シュリク　ビラが詰まった鞄を持って、夜のシュヴァービングを歩くつもりか？

少し考えたのちに、ゾフィーは心を決める。

ゾフィー　鞄は私が持つわ。

男性たちは顔を見合わせる。ハンスは当惑している。

ヴィリー　ハンス、ゾフィーにそんなことをさせちゃ駄目だ。
ゾフィー　途中でチェックされたとしても、女性には甘いわ。

兄と妹が視線を合わせる。

シュリク　彼女がいう通りだ。

ヴィリーはため息をつく。すでに全員がコートを着ている。ほかのメンバーと同様、ゾフィーも周囲を慎重に見渡す。アトリエのなかには、謀反のための集会がおこなわれていたことを示す痕跡はない。一同は見つめ合って握手を交わす。全員が「あらゆる暴力に……」と口ずさむ。

ヴィリーが明かりを消す。暗闇のなかで、シュリクが最初にドアのところへ行くと、少しだけあけて外の様子をうかがう。外の空気が入ってくる。頭を動かしての合図。ほかのメンバーもドアに向かうが、シュリクはとどまる。

ハンス（横を通りながら小声で）シュリク、明日の昼、君のところで落ち合おう。（見つめ合って）ぼくが大学から戻ってきたあとで。

全員が、ハンスが明日ビラを配り終えたあとで、という意味でいっていることを理解する。

シュリク　わかった。じゃあ、また明日。

6　アトリエ、夜・屋外

ゾフィーはハンスのうしろ、ヴィリーとシュリクのわきを通って外に出る。

ゾフィーはハンスと腕を組む。両者は去っていく。

シュリクがドアに鍵をかける。

ヴィリーとシュリクが、兄妹を見おろしている。

7　ショル兄妹の住まいの前の通り、夜・屋外

もうすぐ建物のドアに到着するというところで、ふたりは言葉を交わしている。両者とも、少し安堵した様子である。

ゾフィー　じゃあ、もう明日実行するわけね？

ハンス　ナチは待ってくれないからな――ところで、明日ウルムに行くんなら、この週末はスキー靴はいらないんだろう？

ゾフィー　今度は誰に貸せっていうの？

ハンスはほほえんでみせる。

ゾフィー　ローゼ？

ハンスは反応を示さない。

ゾフィー　トラウテ？

ハンスはきっぱりと頭を横にふる。

ゾフィー　ギゼラ？

ハンスはにやりと笑う。

ゾフィー　ギゼラも、自分がたったひとりのガールフレンドだと思ってるの？
ハンス（わけがわからないという表情で）何だって？　たったひとりのガールフレンド？
ゾフィー　スキー小屋の主人だって、そろそろ不審に思うんじゃないかしら。

ハンスはその問いを無視する。

ハンス　ところで、雪はたっぷり積もってるかなあ？

妹は、皮肉のこめられたまなざしを投げかける。そしてほほえみ、深く息をすいこむと夜の空を眺める。

さらにふたりは歩く。ゾフィーは、建物入口近くの角のところにいる、コートに帽子姿の男性のシルエットを目にする。ゾフィーが兄を見ると、彼も前方を見ている。

危険をかぎつけたふたりは、神経を集中し、できるだけあたり障りのない会話を続けようとする。ゾフィーはほんの少し、鞄をもっている手を強く握る。

ハンス　いまだとツークシュピッツェのロープウェイは、毎晩五時半まで動いているんだ。
ゾフィー　私のスキー靴がいるんなら、シューズケースじゃなくて洋服ダンスのなかにあるわ。
ハンス　どのあたり？
ゾフィー　下のほうよ。それから、靴クリームを塗ることを忘れないでいてくれる？
ハンス　承知したよ。

ゾフィーと兄は、同じ歩調で男性に近づく。彼はふたりの前に立ちはだかる。とつぜんの恐怖が彼らをとらえる！　ゾフィーと兄は立ち止まらざるをえない。

通行人　こんばんは。火を貸してくれないかな？
ハンス　いいですよ。

ゾフィーは、ハンスが少し捜す動作をしたあとでポケットからマッチをとり出し、点火する様子を見ている。マッチのゆらめく炎のなかで、ゾフィーは火傷による醜い傷がある顔を目にする。男のコートは擦り切れている。そんな服装をしたゲシュタポはいない。

通行人（ハンスに）ありがとう――ハイル・ヒトラー。

ハンス　おやすみなさい。

男は、煙草の煙を深くすいこむと、身体の向きを変える。彼はそこから動かない。気が軽くなった兄妹は歩きはじめる。両者は目を合わせる。

ハンス　黄燐爆弾だ。

ふたりは玄関のスペースを通る。その先に、彼らの住まいに入るための中庭がある。

8　ショル兄妹の住まい、夜・室内 ★3

モンタージュ：ゾフィーがサモワールを使って二杯のお茶を用意し、小さなトレーに載せる。あたたかい雰囲気がただよっている。

9　ショル兄妹の住まい、ハンスの部屋、夜・室内

ゾフィーがトレーをもってハンスの部屋に入ってくる。暗い部屋のなかで兄が疲れた様子で座っているのが見える。真夜中であるいま、彼の力とエネルギーは使い果たされてしまったようだ。兄は抜け殻のようで、ねむた

そうである。彼女は書き物机の上にトレーを置く。そこには書類鞄が置かれている。

ハンス　ありがとう、ゾフィー。

彼女は彼の背後に回り、両手を肩に置いて少しマッサージしてやる。ハンスは気持ちよさそうに、頭をうしろに傾ける。ゾフィーはドアのほうに歩く。

ゾフィー　早く寝てね。

ハンス　お休み。

ゾフィーはドアのところで振り返る。両者は視線を合わせてほほえむ。

カメラはしばらくハンスの近くにとどまる。彼は書類鞄をあけ、切手をとり出すと机の引き出しのなかに収める。引き出しには、注射器や薬品類とともにピストルが入れられている。その下には手書きやタイプライターで打たれたものなど、さまざまな手紙が置かれ、封の切られた煙草の箱もある。

10　ショル兄妹の住まい、ゾフィーの部屋、夜・屋内

ゾフィーは寝間着姿になって、自室の机の前に座っている。わきには中身が半分ほどになったティーカップが

置かれている。彼女は寝間着の上に、厚みのある、ストライプの入ったバスローブを羽織っている。ゾフィーは読書用のランプをつけており、その明かりは暖かな光の輪をかたちづくっている。机の上には日記が置かれている。ほかには、フリッツの写真と映画もしくはコンサートのプログラムがひとつかふたつ見える。窓のカーテンは閉められている。蓄音機からは彼女の好きな曲、シューベルトの五重奏曲「鱒」が流れてくる。彼女は手紙を書いている。信頼感に満ちた、リラックスした好ましい雰囲気。

ゾフィー（ヴォイス・オーヴァー）　親愛なるリーザ！　いま、グラモフォーンで「鱒」をかけています。このアンダンティーノを聴いていると、私自身が鱒になってしまいたいと思います。人は単純に喜び、笑うしかありません。感動しない心、あるいは悲しい心で、空に浮かんだ春の雲、風にそよぐ芽の吹き出た枝が輝かしい若き陽光のなかで動いているのを見ることができないとしても。ああ、私はまたしても、春をとても待ち遠しく感じています。このシューベルトの作品のなかで、人は本当にそよ風と香りを感じ、鳥たち、それにあらゆる生き物の歓喜を感じとります。ピアノによるテーマの反復――それは冷たく、透き通ったしたたり落ちる水のようです。ああ、それを聴くと恍惚となってしまいます。なるべく早く返事をくださいね。

彼女は署名する。

「心をこめて。あなたのゾフィーより」と書く手元のインサートショット。

ゾフィーは手紙を折り畳むと、すでに切手が貼ってあり、住所も書いてある封筒に入れる。★4 ゾフィーはグラモフォーンのスイッチを切る。

オフの音声で、ハンスがそっと歩いている足もとで床がきしむ音が聞こえる。続いて、ドアが閉められる小さな音。ゾフィーはドアのほうに視線を送りつつ深呼吸する。彼女の胸には不安と希望がある。

ゾフィーは電気を消すと、バスローブを脱いでベッドに身を横たえる。

兄が自室に戻る音が聞こえる。

ゾフィーはベッドで目をあけたまま、ぼんやりとしている。やがて彼女は身体を横向きにし、布団にくるまる。

11　ショル兄妹の住まい、台所、昼間・室内
一九四三年二月十八日、木曜日

四月のように暖かい、ミュンヒェンの晴れわたった早春の一日。

ゾフィーは台所で質素な朝食をとっている。室内では、豪華なロシア式サモワールが目立っている。朝食としては、自家製ジャムを塗った固い黒パンが少しあるだけだ。ジャムはパン一枚ぶんの量——薄く塗ったとして——しかない。それ以外は、ペパーミント・ティーだけ。

ハンスが廊下から入ってくるとき、ラジオからは、BBC／ヴォイス・オブ・アメリカの放送が小さな音量で聞こえている。彼は手に紙きれをもっている。ゾフィーを顔を上げる。

アナウンサー　重要ニュースです。ロシア軍は、スターリングラード南方で、さらに勢力を拡大しました。スターリングラード戦線におけるドイツ軍捕虜は、疲労困憊と栄養失調を訴えています。英国軍はルール地方に空爆をおこない、チュニスでは空中戦で十七機の独伊軍の戦闘機を撃墜しました。

ハンスはあまり関心がなさそうにニュースを聞いている。ゾフィーはスイッチを切り、チューニングをずらす。彼女にはもう十分だったのだ。

ハンス　BBCがいうことをすべて信じてもいけないよ――シュミット夫人は、空襲がこわいっていって、また田舎の妹さんのところへ行っただろう。だからぼくらが、花に水をやらなくちゃいけないわけさ。

ゾフィーは、ほぼからっぽになっているジャムの瓶のなかをスプーンでこすっている。

ゾフィー　ママのところには、まだジャムがないかしら?　配給券では、スウェーデン蕪のシロップしか手に入らないのよ。

ハンスは、昨晩ゾフィーが運んだ鞄をあけ、隠してあったビラをそこに加える。

ハンス　我慢するんだ。何週間か待てば、庭で新鮮な苺がとれるよ。

ゾフィーはパンを切り、大きいほうを兄に渡す。ハンスは鞄を閉めながら、パンを受けとってかじりつく。

12　ショル兄妹の住まい、昼間・室内

ゾフィーは鏡の前に立ち、着ていく洋服を選んでいる。ハンスが近づくと、彼女は彼のほうを向いて尋ねる。

ゾフィー　これなら目立たないかしら？

ハンスはうなずく。彼女は自分の姿をじっくりと点検する。今回の任務が生死をかけたものであることを熟知しているのだ。少したって兄と妹は抱き合い、しばらくのあいだじっとしている。

ハンス　今日、大学に火花が放たれるんだ。

ふたりは身体を離す。ゾフィーが鞄をもち、ハンスは自分の書類鞄を手にする。両者は住まいをあとにする。

13　ショル兄妹の住まい、階段、昼間・屋内

コートを着た兄妹が階段をおりていく。ゾフィーの手には鞄、ハンスも書類鞄をもっている。

14　ショル兄妹の住まい、建物の入口、昼間・屋内

ゾフィーは郵便受けをあけて覗きこみ、失望した表情で閉める。

ハンス　フリッツから返事が来ないの？

ゾフィーは恋人への思いをつのらせた様子で首をふる。

15　ショル兄妹の住まい、昼間・屋外

ふたりは陽光に照らされた中庭へ入る。ゾフィーは目を細めて太陽のほうを見て深呼吸し、ほほえむ。

16　ルートヴィヒ通り右側、大学近く、昼間・屋外

ゾフィーと兄が、通常の歩調を保ってルートヴィヒ通り右側を大学の方向へ歩く。ふたりは荷物をしっかりと

持っている。胃が痛い思いをしているのは彼女だけではない。ゾフィーは、ハンスが神経質になっていることを感じとり、横を向いて勇気づけるように話しかける。

ゾフィー　スキーのことでも考えて。

兄と妹は視線を合わせる。ゾフィーは兄といっしょに大学に足を踏み入れる。

17　ミュンヒェン大学、中央校舎、光庭および廊下、昼間・屋内

ガラス扉のところで、ふたりはトラウテ・ラフレンツとヴィリー・グラーフと鉢合わせをする。彼らのほかには、ホールには人がいない。もちろんヴィリーは、これから起こることを知っている。事情を知らないトラウテは、疑わしそうにゾフィーを見る。

全員　おはよう！
トラウテ　私たち、神経科のほうに行くところなの。ハンスも来る？
ハンス　ゾフィーがウルムに行くんだ。僕もすぐあとで行くよ。

トラウテは鞄に目をやる。

ヴィリー　さあ、行こう。

兄と妹は、ヴィリーとトラウテが校舎の外に出るまで待ち、そのあとで顔を見合わせる。空気は澄み切っている。ふたりは隅で鞄をあけ、ビラをとり出すと、少しずつの束にして階段や講義室のドアの前に置いていく。ドアの向こうからは、講義の声が不鮮明ながら聞こえてくる。[★5]

どこかで大きな音がする。何かが落下したような、どすんという音で、大きなホールのなかで響き渡る。驚いたゾフィーは動きをとめ、耳をすます。彼女はまだすべてのビラを置き終わっていない。ハンスが彼女に合図を送り、出口へ向かう。ゾフィーも鞄をしめ、あとに続く。

18　ミュンヒェン大学中央校舎、後方出口への通路、昼間・屋内

ゾフィーとハンスは、鞄および書類鞄をもってアツァーリエン通りの方向へ逃れようとする。ハンスはゾフィーより数歩先を行っている。ゾフィーが兄に追いつく。

ゾフィー　ハンス、わかってるんでしょ、まだ鞄に少し残ってるのよ。

ハンスはためらい、時計を見ながら考える。ゾフィーは、彼がさらに大きな危険を冒す決心をするのを見守る。

ハンス　ここで待ってろ。上には置いてないから。
ゾフィー　いっしょに行くわ。

ゾフィーはハンスに追いつき、兄妹は歩調を速めて二階へと急ぐ。

19　ミュンヒェン大学中央校舎、二階および階段、昼間・屋内

中央校舎には二階に踊り場があり、そこから講義室の二階席に行けるようになっている。ゾフィーのまなざしは、無人の光庭のほうに向けられる。誰もいないようだ。このときも、講義の声が聞こえてくるのみである。

ハンス　急げ。

ゾフィーが鞄をあけると、兄があわただしく、手すり部分に残りのビラの束を置いていく。ついに鞄は空になる。両者は顔を見合わす。彼らの瞳には幸福感が見てとれる。授業時間の終了を示すベルが鳴る。

ハンス（小声で）さあ、出よう！

鞄を閉めた瞬間に講義室のドアがあき、学生たちが流れをなして出てくる。ほとんどは女子学生だが、男性もいる（軍服を着た者も多い）。

立ち去るさいに、気分が高揚したゾフィーはビラの山を手ではらう。それに気づいたハンスが、いらだった表情で妹を見る。ゾフィーは嬉しそうなほほえみを浮かべてそれに応える。

ハンス（警告するように）とにかく急ぐんだ。

彼は妹の腕をとって引っ張る。

ビラは手すりから光庭へと舞いながら落ちていく。ゾフィーは、驚いた学友たちがビラが落ちてきた上方を眺めている様子を観察する。何人かが好奇心にかられてビラを手にとり、読みはじめる。

ゾフィーは制服を着たふたりの男性が怒りをこめて叫ぶのを聞く。

叫び声　なんという卑劣行為だ。

兄と妹は通常の歩調に戻し、階段をおりる学生たちのなかに混じる。彼らはその段階でほとんど安心感を覚えている。

とつぜん、ひとりの男性（シュミート）の大声が響く。強烈なバイエルン訛りだ。

シュミート　止まれ、止まれ、動くな！

ゾフィーは身体が動かなくなるほどの恐怖を覚える。彼女はハンスのほうを見る。ずっと恐れてきたとはいえ、けっして本当に起こりうるとは考えていなかった悪夢がとつぜん現実となったのだ。最初は、どの学生も誰に対してその声が発せられたのかわからず、みながいらだったように視線を交わす。周囲を見渡す者もいる。ゾフィーはハンスと同じように、できるだけ目立たないように歩調を速める。ふたりとも前方を見て、あやしく見られないように気を配っている。シュミートは学生たちのあいだを縫うようにして、迷うことなくゾフィーとハンスのほうへ進んでくる。手には、適当に拾い上げた数枚のビラが握られている。

シュミート　止まれ、そこのおまえたち……すぐに止まれ！

ゾフィーは視界の端のほうで、シュミートが接近してくるのを見る。彼は証拠物件を折りたたみ、兄妹のいる場所に到達する直前に、それを上着のポケットに突っこむ。

シュミート　止まるんだ、おまえたちは逮捕だ。とにかく動くんじゃない。

用務員シュミートが、兄と妹の動きを止める。ふたりは冷静に反応する。ほとんどの学生が彼らを凝視している。ゾフィーは兄の、恐怖を表に出さない超然とした態度を見守る。

ハンス　何ですか？
シュミート　おまえたちは逮捕だ！
ハンス　馬鹿なことを！　手を離してください！　あなたには学内で僕たちを逮捕する権限などないだろう！

ゾフィーは背後で制服姿の学生がビラを手に廊下に走りこんでくるのを見る。その直後、最初の警戒警報が鳴りはじめる。シュミートはハンスに詰め寄り、腕を強くつかんで叫ぶ。

シュミート　上にいたのはおまえたちだけだ。いっしょに来い！
ゾフィー　私たちは心理学科から来たんですよ。
シュミート　嘘をつくな！　おまえたちがビラを投げ落としたんだ！
ハンス　馬鹿馬鹿しい。
シュミート　恥というものを知っているなら、自白したらどうだ。

ゾフィーははじめて兄の前に立つと、ふたりのあいだに割り込みながらいう。

ゾフィー　兄を放してください。ビラを落としたのは私です。

ゾフィーは兄の非難のまなざしを感じる。人だかりができる。シュミートは興奮してどなる。

シュミート　告発してやるからな。さあ、いっしょに来い。

カメラは、兄妹とシュミートが不動の姿勢で立っている学生たちの人垣のなかを廊下へと向かうのを追う。鐘が鳴る音がずっと聞こえている。

20　ミュンヒェン大学中央校舎、法律顧問事務所、昼間・室内

ゾフィーと兄は、大学の法律顧問であるヘフナーの部屋で待たされている。ヘフナーは五十歳ぐらいで、通常の市民の服装である。遠くではまだ警報が鳴り続けている。兄妹はコート姿で座っており、鞄および書類鞄は離れたところに置いてある。ゾフィーが兄を見る。顔には、兄を勇気づけようとするほほえみが浮かべられている。次に彼女は法律顧問を観察する。彼は窓のそばに、腕組みをして陽光を浴びながらたたずんでいる。シュミートは誇りで胸をふくらませ、彼女の斜めうしろに立っている。

ようやく警報が解除される。

その直後にミュンヒェン大学長であるヴュスト教授が入室する。彼はナチ親衛隊将軍の制服を着ている。シュミートは仕事着を羽織った姿で直立不動で立っている。ヘフナーは緊張した様子だ。

ヘフナーとヴュスト　ハイル・ヒトラー。

シュミートは姿勢をくずさぬまま、命じられてもいないのに語りはじめる。

シュミート　ハイル・ヒトラー、これらの男性と女性、ふたりの学生を、内容はまだ調査しておりませんが、ビラを光庭にまいた件によって拘束し、連れてまいりました。ビラは押収してあります。

シュミートは、それまで法律顧問の机の上に置いてあった、自分が拾ったビラを手にとってヴュストに差し出す。ヴュストはそれを受けとる。

ヴュスト　ありがとう、シュミート。

学長は兄妹を見る。そのまなざしには、露骨な軽蔑がこめられている。

ヴュスト　またしても私の大学で、くだらない反乱劇かね……しかたない、この青二歳どもを屈服させることにするか。ヘフナー、国家警察のために書類を選別してもらいたい。シュミート、君は報告書を書きたまえ。

シュミートとヘフナー　承知しました。

ヴュストは法律顧問に一枚のビラを渡す。ヴュストとヘフナーはビラに目を通しはじめる。シュミートも一枚を手にとり、読みはじめる。

シュミート　これらの紙切れは、階段と光庭のいたるところに置かれていたのです！

ゾフィーは、ハンスがヴュストやほかの連中が手がふさがっている機会を利用して、上着ポケットに入っていたビラをこっそりと手でちぎろうとしていることに気づき、驚愕する。紙の端が少し手からのぞいている。ゾフィーは息を呑む。両者は一瞬、目を合わせる。ヴュストは文章の内容に激怒する。

ヴュスト（ヘフナーに）これはひどい。

ヘフナー　信じられん！

両者は兄妹のほうを見る。ハンスは手を動かすのをやめ、まっすぐ前方を見ている。ゾフィーは勇気を出して、男たちに無垢な微笑みを向ける。

ヴュスト　ここ私の大学でも、こんなことをすればただではすまされないぞ。それだけはいっておく！

パトカーのサイレンが次第に大きくなる。やがてその音はとまる。三人の男性は、思わず窓の方向を見る。シュミートが窓に近づき、ヴュストとヘフナーに向かってうなずく。

シュミート　到着したようです。

ゾフィーは、ハンスが背中のうしろで、紙切れあるいは紙くずを床に落としているのを見る。シュミートが短く視線を向ける。紙くずに気づいた彼は、すぐに任務に目ざめる。

シュミート（興奮して）あそこ……あそこに……学生がなにか持っています。

ゾフィーは、シュミートがハンスの手をポケットから引っ張り出すのを見る。その結果、半分は引き裂かれた手書きのビラを全員が目にする。

シュミート　また別のビラです。

ハンスは容易にはシュミートの思うままにはさせず、手をひっこめる。学長もやって来て、ハンスをどなりつける。

ヴュスト　こちらによこせ、暴力を使ってほしいのか？

ゾフィーは廊下を早足で歩く音を耳にし、ハンスが手のなかの紙くずを学長に渡すのを見る。その間、シュミートはハンスの背後で床に膝をつき、紙切れを集めている。

シュミート　これらもそうです。

シュミートは拾得物を白紙の上にていねいに置く。彼はその紙を、うやうやしく学長に差し出す。学長がハンスからとりあげた紙屑を、そこに置けるようにという配慮からである。

ノックの音がする。ゾフィーは顔をドアのほうに向ける。ローベルト・モーアが入ってくる。ふたりの男性がそれに続く。三者とも制服姿ではない。[★6] コートを腕にかけたモーアは上着に党のバッジをつけ、蝶ネクタイをしている。ほかのゲシュタポのメンバーは、悪名高い革のコートに身を包んで革手袋をはめ、帽子をかぶっている。モーアは冷静な様子であるだけでなく、顔には微笑みさえ浮かべており、ゾフィーには彼が現われたことがその場の空気をなごませたように感じられる。

モーア　国家警察のモーアです、ハイル・ヒトラー。

モーアはお決まりの動作としてちらりと身分証明記章を見せる。

ヴュストとシュミートとヘフナー　ハイル・ヒトラー。

ヴュスト　あそこにいるのが、現段階で拘束した者です。

ゾフィーは、モーアが自分を不愉快そうな表情で見ていることに気づく。彼は、彼女のような若い女性と男子学生が犯人だとは予想していなかったのだ。

シュミート　私は……。

ゾフィーは、学長ににらまれたシュミートが口をつぐむ様子を目にする。

ヴュスト　承知いたしました。

モーアは兄妹のほうを向く。

モーア　身分証明書はもっているかね？

モーアがうながすような動作をすると、ゾフィーはポケットから学生証を出して彼に渡す。兄もそれに続く。

モーア（吟味するようなまなざしで写真と顔を見くらべながら）ウルム出身、ゾフィー・マクダレーナ・ショルとハンス・フリッツ・ショル？　兄妹かな？

ゾフィーとハンス　そうです

モーアが部下に証明書を手渡す。モーアはじろじろとゾフィーを見る。

モーア　か弱き女性が……しかも二十一歳で……全ヨーロッパを掌握したドイツ帝国への反抗を試みているのか？

ヴュスト　あの若者は、私の目の前でこの紙を小さくちぎろうとしていました。

ハンス　その紙切れは、知らない学生から押しつけられたのです。ちぎろうとしたのは、いわれのない嫌疑をかけられるかもしれないと思ったからです。

モーアは表情を変えないままだ。ゾフィーは、ヴュストがモーアの部下に紙切れを渡すのを見る。モーアはゾフィーのほうに身体を向けたかと思うと、鞄に歩み寄る。

モーア　これは君のかね？

ゾフィー　そうです、私のです。

モーア　連行したまえ。

モーアの合図を受けて、部下たちが手錠をとり出して兄と妹の手にかける。

ゾフィーとハンスは連れ出される。

その背後で、モーアがヴュストとヘフナーに話しかけるのが見える。

モーア　学籍簿が必要ですね。当分のあいだ、大学を封鎖するように命令を出しています。教師であれ事務職員であれ、外に出ることはできませんから。
ヴュスト　承知しました。もちろん私もここで待機していますよ。

21　ミュンヒェン大学中央校舎、光庭、昼間・屋内

メインホールは静まりかえっている。

ゾフィーは兄とともに、モーアといっしょに来たゲシュタポの男たちによって、押し黙っている学友たちのあいだを速い歩調で出口へと連行されていく。兄妹は手錠をかけられ、まなざしを上方に投げかけている。モーアの姿はない。

ゾフィーは、私服のゲシュタポが床に落ちたビラを集めているのを目にする。ごく少数の学生が、卑屈な態度でそれを手伝っている。

ハンスはギゼラの前を通りすぎるさいに、誰に向かってということもなく小声で語る。

ハンス　うちに帰って、アレックスにぼくを待たないようにいってくれ。

ゾフィーは、ギゼラが平静を保つために苦労していることに気づく。

ゲシュタポの男　さっさと歩け！

兄妹は、足早に出口まで連れて行かれる。ドアのところで、制服姿の男性が彼らを止める。

22　大学の前、一般自動車、昼間・屋外および室内

カメラはゾフィーとハンスとともに、特別な装備のない黒いリムジンに乗りこむ。ゲシュタポふたりも乗ってくる。リムジンが動き出す。兄と妹のあいだにはゲシュタポのひとりが座っている。兄妹はまっすぐ前を見ている。真ん中の男は検査をおこなうような目つきで兄と妹をじろじろと見る。ゾフィーと兄は緊張している様子だ。

23　ヴィッテルスバッハ宮殿、昼間・屋外

ふたつのライオン像に守られた宮殿の前に車が到着する。建物の前には警備の親衛隊が立っている。親衛隊が

横の門を開け、車はなかに入る。

24　ヴィッテルスバッハ宮殿[★7]、入口ホールおよび廊下、昼間・屋内

二階へと通じる階段。ゾフィーはゲシュタポの職員（ロッハー）に付き添われて端のほうを歩き、ハンスは反対側の端を歩む。大学からいっしょに来たゲシュタポの男も、うしろについてきている。

ロッハーはモーアの助手である。ゾフィーは、こいつは洒落男じゃあるまいし頭にポマードを塗りすぎだ、と思う。ロッハーは軍隊調で荒っぽく、しかもバイエルンなまりが強い言葉をしゃべる。二階では、兄妹は壁際にベンチが置かれている廊下へと連れて行かれる。そこには別のゲシュタポ職員が待っている。

ロッハー　ショル、ハンス、尋問だからすぐになかに入れ。

男は乱暴にハンスの腕をとり、すぐ横の、あいているドアのほうへ引っ張っていく。

ゾフィーはしばらく立ったまま、兄のうしろ姿を見ている。兄はドアのところで足を止め、うしろを振り返る。ふたりは目を合わせ、しばしほほえむ。ゾフィーはこの先はずっとひとりにされることを知っている。

ロッハー　そこの女、さっさと来い！

ゾフィーは隣のドアへ導かれる。ロッハーがドアをあけ、ゾフィーをなかに押しこむ。

25　ヴィッテルスバッハ宮殿、尋問室の控え室、昼間・室内

ゾフィーが案内されたのはモーアの事務室の控え室である。彼女は心臓の鼓動を感じながら椅子に座っている。

ロッハーは彼女の背後で、腕組みをして壁に寄りかかっている。ゾフィーは前方を見ている。

ドアが開き、モーアが姿を現わす。手にはゾフィーの鞄をもち、脇の下には大学関係の書類やかなりの量のビラをはさんでいる。ゾフィーに一瞥をくれることもなく、彼は事務所の鍵をあけてなかに入る。ドアをしめたあと、ドアのわきの赤い電灯が輝く。

少したって、今度は白の電灯がつく。

ロッハー　さあ、はじまりだ。

ゾフィーは立ち上がってドアに近づく。ブザーが鳴り、彼女は入室する。

26　ヴィッテルスバッハ宮殿、尋問室、★8 昼間・室内

中央棟にある、かなり広いモーアの事務所に足を踏み入れたゾフィーは、周囲を見渡し、吟味するかのように

担当官[★9]にまなざしを送る。モーアは大型の書類棚から、索引カードの束をとり出す。棚には、「白バラ」と書かれたレッテルが貼られたファイルがいくつも置かれている。索引カードには、記入されているもの（青いカード）とされていないもの（白、赤、黄）がある。モーアは、ごくまれにしかメモをとらない。何を書いたかを、カメラがとらえることはない。

モーア　座りなさい。

ゾフィーは注意深くモーアを見ながら、コートを着たまま椅子に座る。

この尋問では室内には彼らふたりしかおらず、記録係はいない。ゾフィーは、ドアに貼られた分厚い革のクッションを眺める。ドアから外に音がもれることはない。

ゾフィーの前にある机の上には、大学で拾い集められたビラの山がある。鞄は見あたらない。尋問のあいだ、モーアはときおり未記入のカードに何かを書きこみ、書き終わったカードは――トランプ占いをしているかのように――机の上に並べていく。

白いカードはゾフィーの供述を書くためのもの、赤はハンス、黄色は共犯者について記入するためのものである。青いカードには、すでに判明した事実が書かれている。

ゾフィーは最初の尋問では小声で話し、控え目で遠慮がちな態度を保つ。モーアは彼女に対し、形式的で紋切り型の厳しい態度で接する。

モーアは、学籍簿に目を通してからゾフィーを見る。

モーア　ショル、ゾフィア・マクダレーナ、ウルム出身。一九二一年五月九日、フォルヒテンベルク生まれ。プロテスタント。父親は？
ゾフィー　ローベルト・ショル。フォルヒテンベルクで町長をしていました。
モーア　保母の資格訓練を終了しているのかね？
ゾフィー　そうです。
モーア　四二年夏学期から、生物学と哲学を学んでいる。きょうだいは四人か？
ゾフィー　はい。
モーア　現住所はミュンヒェン二三、フランツ＝ヨーゼフ通り十三番地、シュミット方？
ゾフィー　ええ。
モーア　前科は？
ゾフィー　ありません。

モーアが彼女のほうへビラをゆっくりと押す動作が、ゾフィーには威嚇的に感じられる。

モーア　君は大学の用務員に対して、ここにあるビラを大学のバルコニーから落としたことを認めたそうだな。

モーアは下から見上げるようなまなざしで彼女を見る。

ゾフィー　ビラは、手すりのところに置かれていました。私は横を通るときに、それを手で押したのです。

モーアははじめて白いカードに何かを書きつける。

モーア　なぜだね？
ゾフィー　生まれつき、そういった悪ふざけが好きなんです。だから、すぐにそれを認めたわけです。
モーア　では君は、少なくとも手すりにビラを置いた人物を見ているだろう。
ゾフィー　いいえ。

ゾフィーは、モーアが彼女を試すようにじっと見つめていることに耐えながら、無理にほほえみをつくり、いかにも残念だといいたげに肩をすくめる。そして彼女はつけ加える。

ゾフィー　しかし、ビラを落としたことは愚かだったと思っています。後悔していますが、もうどうにもなりませんね。

モーアはビラの山を彼女のほうへ押し、続いて反対の手で法律書を押す。彼は、背表紙の「刑法典」という文字を彼女に見せようとしている。

モーア　フロイライン〔未婚の女性の称号〕・ショル、君が大学で落としたビラは戦時特別刑法条例に違反するものだ。大逆罪および敵方援助がどんな報いを受けるか、読んでみるかね？
ゾフィー　私は無関係です。
モーア　逮捕、服役、あるいは死刑だ。
ゾフィー　私はほんとうに関係ありません。

ゾフィーは、ゲシュタポの厳しいまなざしに耐える。モーアは机の下に置いていた鞄をとり上げ、その横にビラの山を積み上げる。

ゾフィー　偶然です。
モーア　ぴったり合うじゃないか。

ゾフィーは堂々とモーアを見つめる。

モーア　からっぽのトランクをどうして大学にもっていったのかね？
ゾフィー　実家に、つまりウルムに行く予定なのです。先週、母に頼んだ洗濯ものをもって帰るためです。
モーア　ウルム？　そんな遠くへ？　週のまんなかに？

ゾフィー　そうです。
モーア　洗濯もののためだけで？
ゾフィー　それだけではありません。女性の友人と、彼女が産んだばかりの赤ちゃんに会いたいからです。それに、母が病気だということもあります。
モーア　それにしても、なぜ週のまんなかに行くんだね？　大学の授業があるだろう！　唐突な印象を禁じ得ないな。
ゾフィー　友人が予定を早めてハンブルクに出発しようとしているので、最初は週末に行くはずだったのを、今日にしたんです。十二時四八分の急行に乗るつもりでした。ホルツキルヒェン駅で、姉のボーイフレンドと待ち合わせしていました。彼に訊いてみてください。
モーア　名前は？
ゾフィー　オットー・アイヒャー。ゾルンから電車で、十一時半にミュンヒェンに到着しているはずです。

モーアは黄色のカードを手にとってその名前をメモする。

モーア　アイヒャーの「アイ」の綴りは「Ei」？
ゾフィー　「Ai」です。

ゾフィーはモーアの探るような視線に耐える。

モーア　今回は、汚れた衣類をウルムにもって行かないのか？

ゾフィー　もって行きません。小物は手で洗いますし、大きなものはまだ洗わなくてもよいので。

モーア　だったら、洗い上がったものをとりに行く必要もないだろう。それなのに、君はわざわざ衣類を入れるためにからっぽの鞄をもって行こうとしたと主張するのかね？

ゾフィー　ウルムに行ったあとの週のことを考えたのです。

ゾフィーは、モーアが白いカードに文字を書きこみ、すっていた煙草をもみ消す様子を見る。当時はそれが一般的だったように、彼は吸いがらを捨てずに箱のなかに戻す[★10]。

モーア　ウルムに行くつもりだったのなら、大学では何をしていたんだね？

ゾフィー　友人と会う約束があったんです。（ゾフィーはモーアの注意深い視線を受けとめる）ギゼラ・シェルトリングという名の女性です。

モーアは黄色のカードを一枚とり、名前をメモする。

ゾフィー　今日の十二時に英国庭園の「ゼーハウス」で昼食をとろうと……。

モーア　ウルムに行くはずなのに？

ゾフィー　……きのうの夜、計画を変更したので、それをギゼラに伝えるために大学へ行ったわけです。

ブザーが鳴る。モーアがボタンを押すと、ドアが開く。ゲシュタポがひとり入室し、無言のままモーアにタイプライターで打たれた書類（シュミートによる供述書）を渡す。モーアは彼に向かって鞄を軽く押す動作をする。男はなすべきことを承知しているらしく、鞄をもってすぐに部屋から出て行く。モーアは興味深そうに書類を読み、それから文字のあるほうの面を下にして机の上に置く。

モーア　シェルトリングとの約束を断ろうとしていただけなのに、なぜ大学では兄といっしょにいた？

ゾフィー　私たちはよくいっしょに大学に行くんです。兄は神経科へ行こうとしていました。

モーアはちらりとシュミートの供述書を見る。

モーア　用務員は、君が十一時に三階の踊り場にいたと証言している。何をしていたんだ？

ゾフィー　ギゼラのところへ行こうとしていたんです。彼女はフーバー教授の「哲学序説」を受講していますから。

モーア　しかし彼女は二階にいた。

ゾフィー　そうです。十分ほど早かったので、よく授業を受けている心理学科に兄を案内していました。それが三階だったのです。

モーアは意表をつく質問する。

モーア　じゃあ、ビラはどこにあったんだ？

しかし、ゾフィーは動揺しない。

ゾフィー　いま机の上にあるものでしたら、あちこち床の上に置かれているのを見ました。
モーア　読みはしなかったのか？
ゾフィー　ちらりと見ただけです。兄はジョークをいっていました。
モーア　政治的なジョークかね？
ゾフィー　ちがいます、ただ紙の無駄遣いだといっただけです。兄は私と同じで、政治には関心がありません。

モーアは青いカードをとり出す。

モーア　ついこのあいだも、大管区長官がドイツ博物館で演説していたさいに、女子学生がくだらない反乱を起こしたが……君もその場にいたのか？
ゾフィー　いいえ。

モーア　しかし、出席を義務づけられていただろう。
ゾフィー　私は政治とはいっさい関わりをもっていないのです。
モーア　じゃあどう考えているのかね、長官がドイツ博物館で、女性は大学で学ぶよりも総統に子供をプレゼントすべきであると演説したことは？　そして、あまり美しくない女性には、部下を紹介すると約束したことは？
ゾフィー　（関心なさそうに）趣味の問題ですね。

モーアは青いカードを並べ替え、じっと眺める。

モーア　大学で置かれていた状況により、君には嫌疑がかかっている。（間を置いて）心から忠告しておくが、無条件にためらうことなく真実を答えたほうがいい。
ゾフィー　ビラと関わっているなどということは、ぜったいにありません。兄はくだらないジョークをいったかもしれませんが、真犯人が見つかってないために私たちに疑いがかけられていることは理解できます。しかし、ほんとうに無関係なのです。

ゾフィーはモーアの視線を正面から受けとめる。モーアは学籍簿をめくって眺め、新しい白いカードを自分の前に置く。

モーア　労働奉仕をしたり、ドイツ女子青年同盟の活動に参加したことは?★11
ゾフィー　あります。
モーア　しかし、一九四一年には脱退しているな。その理由は?
ゾフィー　正直に申しますが、過去二年間はほかに心配ごとがありました。それは、姉のインゲ、そして兄と弟が同盟活動のために逮捕されたからです。私は夜には釈放されました。しかしほかの三人はシュトゥットガルトに送られ、裁判もなしに拘留されたのです。

モーアはじめて赤いカードに記入する。

モーア　同盟活動は禁止されているからな。
ゾフィー　私たちは歌い、山歩きをし、自然を楽しんだだけです……いまでも私は、あの処置は不当だったと思っています。

ふたりはお互いをさぐり合うようにしばし沈黙する。

モーア　では、君はナチズムには反対なのだな?
ゾフィー　個人的には、関わりをもちたくないと考えていることは認めます。

電話が鳴る。モーアが受話器をとり、注意深く耳を傾けている。

モーア　ありがとう。

彼は受話器を置き、青いカードの一枚の右上方に十字架を描く。

モーア　この尋問において、ここまでうまく本音を隠し通せたと思っているかね？

ゾフィー　でも私は、率直にお話ししています。

ゾフィーは外見的には平静を保っている。驚いたことに、モーアはカードを集めると部屋から出てしまう。ゾフィーは内心の緊張のためにぴくりとも動かない。まなざしは窓に向けられている。隣の建物は昼の陽光に包まれている。早足でモーアが戻ってくる。

モーア　私の同僚は、鞄にビラの痕跡を見出すことができなかった。お兄さんと君の供述も一致した。

ゾフィーの胸のうちでは、さらなる緊張と安心とが交錯している。彼女はシュミートの報告書に目をやる。

モーア　ほっとしただろう？

ゾフィーはリラックスしているかのようにふるまい、そんなことは当然だといいたげなそぶりをする。

ゾフィー　心配なんてしていませんでしたから。

沈黙の時間が経過する。モーアは受話器をとってダイヤルする。ゾフィーは彼の頬のこけた顔を見る。

モーア　記録係を頼む。★12

モーアは白のカードと青のカードに記入する。ドアが開けられる。ゾフィーは女性の事務職員（記録係）が静かに入室するのを見る。制服姿ではない彼女は、卓上のタイプライターを横にどけ、速記帳と鉛筆とシャープナーを用意する。地味な外見で眼鏡をかけ、まじめそうな顔——つねに完全な第三者という印象を与える——である。彼女がゾフィーと目を合わせることはめったにない。

モーア　これから調書を作製する。口述筆記させるから、よく聴いて、もし君の証言と一致しない部分があったなら、すぐにいいなさい。わかったかね、フロイライン・ショル？

ゾフィー　はい。

モーア　いったん、君はうしろの建物に拘置されるが、あとで……ひょっとすると今晩のうちにでも、ウルムに発てるかもしれない。

ゾフィーはモーアに見えない机の下で両手を神経質にもみ合わせ、モーアにかすかにほほえんで見せる。

モーア[★13]　いいかな？

記録係　はい。

モーアは白いカードと学籍簿を手にとって語りはじめる。

モーア　私はヴュルテンベルクのエーリンゲン郡、フォルヒテンベルクで生まれ、父は町長でした……。

記録係は速記をはじめる。

ゾフィー　その通りです。

ここで尋問の場面は終わる。

27　ヴィッテルスバッハ宮殿、廊下・玄関ホール、昼間・屋内

同じ木曜の午後遅い時間。

ロッハーがゾフィーを連れて歩く。ふたりは大学から連れて来られた学生たちの前を通る。彼らはおびえた表情を浮かべ、無言でベンチに座っている。ギゼラ・シェルトリングの姿も見える。ゾフィーのまなざしはギゼラに釘付けとなる。ギゼラも不安そうに彼女を見ている。ゾフィーはギゼラを元気づけようとしてほほえみかける。

大学にもいたゲシュタポの男が向かいの部屋から出てきて叫ぶ。

ゲシュタポの男　メッテルニヒ。

軍曹の制服を着た学生がさっと立ち上がる。ゲシュタポが彼の手に釈放証明書を握らせる。

ゲシュタポ　釈放証明書だ。ハイル・ヒトラー！

学生は腕を高く挙げ、早足で退去する。

ロッハーがゾフィーを階下の収監施設へと案内する。

28　ヴィッテルスバッハ宮殿、地下通路、昼間・屋内

通路内は電灯で明るく照らされている。ゾフィーは彼女の腕を握っている手をふりほどこうとしながら強い口調でいう。

ゾフィー　手を離してくれませんか。

ロッハーはそれに応じずに彼女を引っ張っていく。

ロッハー　とっとと歩くんだ！　おまえら学生は、ここでも何でも自分たちの思いのままにできると考えているんだろう。

29　拘置所、受付、★14 昼間・屋内

ゾフィーはロッハーに連れられて階段をひとつ上がり、受付に到着する。

ロッハー　ショル、ゾフィー、新顔だ。

ゾフィーは無垢なほほえみを浮かべ、カウンターに歩み寄る。そこにいる女性、エルゼ・ゲーベルは三八歳、

囚人服ではなく身体にフィットした頑丈そうな服を着ており、その上に仕事着をはおっている。エルゼは驚いた表情でゾフィーを見る。こんなに若い娘が！　エルゼは登録処理のためにゾフィーの名前が書かれたカードを捜す。

エルゼ　マフラーを渡してください、それからポケットの中身も、すべてこの箱に入れてください。

エルゼはカウンターの上に箱をのせる。ゾフィーはショールを置き、そのほかの小物を箱に入れる。いずれにしてもたいした量ではない。オフの音声で、ラジオから流れるシュポルトパラストでの演説が聞こえてくる。ロッハーは国民受信機に近づいて音量を上げる。

ゲッベルス（オフ）（オリジナルの音声）この運命的な戦いにおいて、われわれはいまやブルジョア的な軟弱さと決別しなければならない。直面している危険は巨大なものであり、われわれのはらう努力も巨大なものとならざるをえない。なめらかな手袋を脱ぎ捨てる時が来た。いまやわれわれは、拳に包帯を巻かねばならない。（……）

私は諸君に問いかけたい。諸君は総力戦を望んでいるか？　必要とあらば、今日のわれわれが想像できないような、全面的で徹底的な戦いを望んでいるか？

エルゼはすでに箱に書かれていた名前を消してゾフィーの名前を書く。次に物品類について書類に記入をおこなう。

エルゼ（口ごもるように）ショール。財布。ショル、ゾフィー名義の学生証。煙草およびマッチ。四つ鍵のついた鍵束がひとつ。

ロッハーはゲッベルスのアジ演説を復唱している。

エルゼ　いっしょに来てください。

ゾフィーはエルゼを追ってふたつめのドアに向かう。エルゼが格子扉をあける。

30　拘置所、廊下、昼間・屋内

ゾフィーはエルゼと拘置所の廊下を歩く。エルゼが扉のひとつをあけ、ふたりはなかに入る。
まだゲッベルスの演説が聞こえている。

31　拘置所、検査室、昼間・室内

窓がない、白い漆喰を塗られた部屋。壁にはいくつかの落書きとしみが見える。明るい光が差しこんでいる。なかには机と椅子がひとつずつあるだけだ。

エルゼ　洋服を脱いで渡してください。

ゾフィーは淡々とした動作で服を脱ぐ。[★15] エルゼはときどきゾフィーのほうを見ながら、渡された衣類をチェックする。

エルゼ（小声で）何かまずいものでもあれば、いってね。トイレに流すから。

ゾフィーは何かを問いかけるような表情をする。

エルゼ　私自身も囚人なの。

ゾフィーは友好的な態度で落ち着きを保っており、疑いを抱いているようには見えない。

ゾフィー　何もないわ。

エルゼ[16]　もう服を着てもいいわ。

ゾフィーはいわれた通りにする。エルゼは机に身体を傾けて書類に記入する。

エルゼ　ビラが配られ、壁に政治的スローガンが書かれるようになったころから、ここは大忙しよ。毎日立派な人が嘆願に来るし、(他人の不幸を喜んでいるように) そのうしろからは特別委員会がやって来るわ。
ゾフィー　そもそもどうして彼らは私たちを尋問するのかしら？　少しでも疑いをかけられた人間は、すぐにダッハウに送られると思ってたわ。
エルゼ　特別委員会は、誰が関係しているか、すべてを把握したいのよ。あなたはモーアが担当官でよかったわね。彼なら多少人間的なところがあるから。

ゾフィーは洋服を着ながら語る。

ゾフィー　彼は、ひょっとすれば今日の最終電車でウルムに行けるかもしれないっていったわ。
エルゼ　でも私はモーアから、あなたといっしょにとりあえず「栄誉房」に入るように命じられてるの。

ゾフィーは無表情のまま衣服のボタンをとめ、エルゼに続いてドアに向かう。

32　拘置所の廊下、昼間・屋内

ゾフィーはエルゼとロッハーに導かれて、ある房の前に来る。ロッハーが鍵をあける。依然としてシュポルトパラストからのラジオ中継が聞こえている。エルゼは毛布とタオルを腕の上に載せている。

ロッハー　さあ、ここだ。なかへ入れ。早くしろ、俺は演説を聴きたいんだ。

33　拘置所、房[★17]、昼間・室内

ゾフィーはエルゼとともに「栄誉房」へ足を踏み入れる。ロッハーが鍵をかける。彼女は周囲を見渡す。閉所恐怖症的な状況である。寝台がふたつ、ロッカーがひとつ、洗面台がひとつ。それ以外には、拘置されている人間が許されるもの、すなわち薄いタオル、ブリキ製の皿とカップ、石鹸がひとつ、そしてエルゼの歯ブラシ（ゾフィーと兄は自宅から何ももってくることを許されなかった）と練り歯磨きがあるだけだ。

エルゼ　ここはそもそも「脱線した」大物のための部屋なの。

ゾフィーは、ここは自分の居場所ではないといわんばかりに端に座る。彼女は室内のものに触ろうとしない。

ゾフィー　兄のことは何か聞いてる？

エルゼ　もう尋問は終わって上の男性房にいるわ。いまのところ、もっとも疑いをかけられているのはあなたね。鞄をもっていて、ビラを下に落としたわけだから――何も自白しちゃだめよ！

ゾフィー　自白することなんて何もないわ。

時間の経過が感じとれる。ゾフィーは外の音声に耳を傾けている。ふたりは互いをさぐるように視線を交わす。

ゾフィー　いつからここにいるの？

エルゼ　一年と五日前から。

ゾフィー　理由は？

エルゼ　反ヒトラーのルートヴィヒ・トーマの文章を引用した手紙を押収されたからよ。

エルゼは自嘲的な調子で引用する。

エルゼ「やせ細った足のようにひからびた心、それはダッシュ記号みたいに短い」

ふたりは笑う。エルゼは心の底から笑っている。

エルゼ「私たちは納得することにしよう
　　この男は恐ろしいやつだ！」

ゾフィーは笑うのをやめる。

ゾフィー　でも、いまはゲシュタポに協力してるの？
エルゼ　私はただ、誰が来て誰が去ったかを記録しているだけよ――ここでただひとりの記録係としてね。

時間が経過する。

エルゼ　あなたはきっと、私がスパイとしてここにいるんじゃないかって思ってるでしょう？

ゾフィーは黙っている。

エルゼ　私自身が密告された人間なのよ。自分ではぜったいそんなことはしないわ。
ゾフィー　あんな連中のために、どうして働けるのか理解できないの。
エルゼ　単に命令されているからよ。（少し間を置いて、慎重な口ぶりで）私がここにいるのは、あなたに自殺させないようにするためなの……。

ゾフィー　あなた自身は、どうして反ナチなの？
エルゼ　兄が保険会社の幹部だったくせに共産主義者で、私もそうなったの。共産主義者が団結していることに感銘を受けたからよ。人はみな、何かをしなくちゃいけないわ。
ゾフィー　その通りね。

ゾフィーは暖房の前に立って両手を上にかざすようにする。

ゾフィー　寒いわ。
エルゼ　夏の夜なら、暑さで干からびちゃうのよ。

ゾフィーは以後は身動きせず、黙ったまま待つ。彼女は、刑務所のカーペットがかすかに音をたてていることに気づく。その直後に、房のドアがあけられる。

ロッハー　ショル、ゾフィー、いっしょに来い。

ゾフィーはエルゼに会釈をする。

エルゼ　もう二度と会えないことを祈ってるわ……さようなら。

ゾフィー　さようなら！

ふたりは短く握手を交わす。ゾフィーはコートを着て、監視人のあとに続く。

34　拘置所、受付、夕方・室内

ゾフィーはコートを着たまま、ロッハーのあとから部屋に入る。背後で、廊下へと通じる鉄格子が閉まる音がする。カウンターの上には一枚の書類があり、ロッハーがそれを手にとる。

ロッハー　フロイライン、釈放証明書だ……幸運だったな。

ゾフィーは深く息をつく。ロッハーは椅子に座り、書類に記入をはじめる。食事を運ぶ車がたてる音が聞こえる。

オフの声　食事はじめ！

ざわめきが聞こえる。それぞれの房のドアにある食器出し入れ口があけられる音がする。ゾフィーは窓のほうに目をやり、ヴィッテルスバッハ宮殿に隣接した建物（拘置所とは九〇度の角度をなしている）の正面を夕暮れが青く染める様子を観察する。ロッハーが押すべきスタンプを捜しているのを、彼女は苦痛を感じながら待っている。

電話が鳴り、ロッハーが受話器をとる。

ロッハー　受付です。

ロッハーは短く相手の言葉を聞いたのち、ゾフィーを見て叫ぶ。

ロッハー（叫ぶ）ショル兄妹には食事は不要だ。ただちに尋問が再開される！

ゾフィーはみぞおちに一撃を食らったかのように息を呑む。ロッハーは記入ずみの証明書を手にとると立ち上がっていう。

ロッハー　いっしょに来るんだ。

カメラは内心は不安でいっぱいのゾフィーを追う。彼女はロッハーと階段のほうへ進む。

35　ヴィッテルスバッハ宮殿、地下通路、夜・屋内

ゾフィーは宮殿に向かっている。彼女は不安そうに横目でロッハーを見る。男は無表情のままだ。

モンタージュによって、ゾフィーが鑑識課においてどのように扱われるかが描かれる。それぞれ短いショットのうちに、写真が撮られ、指紋が採取される様子が紹介される。ゾフィーのまなざしは一貫してまっすぐ前に向けられている。

36　ヴィッテルスバッハ宮殿、受付、夜・屋内

この二月の一日において、外はすでに真っ暗になっている。★18

37　ヴィッテルスバッハ宮殿、尋問室、夜・室内

ゾフィーはほとんど真っ暗な尋問室に連れて行かれる。そこには、窓際の影としてモーアの姿が見える。まさしくそのことが、闇の訪れを観客に伝える。ロッハーは机の上に釈放証明書を置いて退出する。

モーア（表情を変えずに）上着を脱いでもいいぞ。座りなさい。

ゾフィーはコートをフックにかけて着席する。モーアは煙草を手にとり火をつけてすう。

モーア　煙草は？
ゾフィー　いいえ、けっこうです。
モーア　ふだんはすうんだろう？

ゾフィーははっきりとしたほほえみを浮かべる。

ゾフィー　いつも、というわけではありません。

ゾフィーはその場の状況を観察し、今回は最初から、速記帳をもった記録係がタイプライター机のうしろの影になっている場所に座っていることに気づく。ゾフィーは、近寄りがたい感じのする、感情というものをいっさい見せないその女性と視線を合わせる。モーアはそれほど明るくない天井燈のスイッチを入れる。

ゾフィーは机の上に書類鞄が置かれていることに気がつく。そこには、さきほどよりも多くのカードが並べられている。モーアは電灯の影になるように座っており、釈放証明書を引き寄せて一瞥をくれたあと、もとの位置に戻す。ゾフィーは、尋問官がさらに無表情になっていることを見てとる。モーアは身体の位置をずらし、それによって少し顔が見えるようになる。彼は黄色いカードを手にしている。

モーア　君のお父さんは、昨年六週間服役している。それは、総統を「人類への神罰」と評したからだ。

ゾフィー　彼は「悪意」ゆえに逮捕され、職務も追放されました。
モーア　国民に報いるには、厳しさをもってするしかないのだ——ところで、お父さんは君がドイツ女子青年連盟の一員だったことについてはどう考えていたんだね？
ゾフィー　父は、教育というものを政治的観点から考えたことはありませんでした。
モーア　いかにも民主主義者らしいな！　そもそも君は、どうして女子青年連盟に入ったんだ？
ゾフィー　ヒトラーが、祖国を幸福で福祉の充実した偉大な国家とし、食べるものに困る者も失業者もなくしてくれると聞いたからです。そして、ドイツ人ひとりひとりが自由で幸せになれると。
モーア　フロイライン・ショル、それはつまり、人間はひとりでは無の存在であって、共同社会がすべてだと考えるように至ったということだな。この理解で正しいかな？

　ゾフィーは肩をすくめる。彼女は煙草の火の輝きに、モーアの感情が凝縮されているように感じる。モーアは彼女を観察している。

モーア　独身かね？
ゾフィー　婚約しています、フリッツ・ハルトナーゲルと。大尉で、いまは東部戦線にいます。

　モーアは黙ったまま白いカードに書きこみをおこなう。彼は何も書かれていない黄色のカードを一枚とり出す。両者が視線を合わせたのち、モーアが尋ねる。

モーア　スターリングラードに？
ゾフィー　そうです。
モーア　じゃあ、彼のことが心配だな。
ゾフィー　はい。
モーア　最後に会ったのはいつだ？
ゾフィー　半年以上前です。

モーアは尋問用のランプをつける。ゾフィーは目を細めてまばたきをする。モーアは彼自身の書類鞄に手を伸ばし、ピストルと弾をとり出すと机の上に置く。ゾフィーは、ゲシュタポが彼女の自宅を捜索したことを知る。

モーア　見覚えは？
ゾフィー　兄がそんな感じの銃をもっています。彼は国防軍の軍曹です。
モーア　君の書き物机に、九ミリ口径の弾が一九〇発も入れられていた理由は？
ゾフィー　それも兄のものです。
モーア　最近、切手を買ったのはいつだ？
ゾフィー　二週間前、あるいは十二日前ぐらいです。
モーア　どこで、何枚買ったんだ？

ゾフィー　レオポルト通りの、二三区郵便局で……十二ペニヒ切手を十枚……もしかすると、六ペニヒ切手だったかもしれません。
モーア　それだけかね？

ゾフィーはきっぱりと答える。

ゾフィー　それだけです。

モーアは、鞄から八ペニヒ切手一四〇枚分のシートを出してゾフィーの眼前に置く。それらがハンスが引き出しに入れていたものであることを、ゾフィーは知っている。

モーア　見覚えは？
ゾフィー　ありません。
モーア　本当に？
ゾフィー　はい。

モーアは火のついた煙草の先端を眺めながら、彼女が釈明をするのを待っている。やがて彼は穏やかに語りはじめる。

モーア　われわれはこれを、君のお兄さんの部屋で発見した。彼がこれほど大量の切手を買っていたことを、どうして黙っていたんだね？

ゾフィー　最近、私自身がいつどこで切手を買ったのかと訊かれただけでしたから。

モーアは眉をしかめ、煙草をすう。彼は白のカードと赤のカードに記入している。

モーア　一四〇枚！——いったい君の仲間の誰が、何の目的でそれほどの切手を使おうとしていたんだ？　何を送ろうとした？

ゾフィー　友人や家族への挨拶の手紙です。手紙はよく書くんです。

電話が鳴る。モーアが受話器をとり、ほんの少し言葉を交わしただけで切る。モーアはドアのところのブザーを押す。しかし、ドアはまだ開けられない。

モーア　じゃあ、この切手に心当たりがあるんだな！

ゾフィー　推測しているだけです。あなた方はそれを、私ではなく兄の部屋で見つけたわけでしょう。

ゾフィーは、視界のすみのほうでドアが静かに開き、私服を着た見知らぬ男が入ってくるのを目にする。モーアの上司である。モーアよりも年上で、髪の毛は短く刈り込まれている。ふたりはまなざしを交わす。上司はドアの近く、ゾフィーの背後で腕組みをしてじっと立っている。ゾフィーは、彼のほうを振り返ることができない。

ゾフィー　哲学や神学の問題についてです。
モーア　どんな文章を打つんだ？
ゾフィー　兄の部屋にあったのは、家主の持ち物です。兄は借りて使っているのです。
モーア　タイプライターはもっているのかね？

モーアは鞄からビラを一枚とり出す。「すべてのドイツ人に呼びかける」と書かれている。

モーア　このビラも打ったのか？
ゾフィー　いいえ。
モーア　もしかすると、「ヒトラーはもはや戦争に勝利することはできず、ただ長引かせるのみだ」とか、「犯罪組織がドイツ人に勝利をもたらすことはできない」、あるいは★19「将来のドイツは連邦制をとるしかない……言論の自由、信仰の自由」といったような文章を打ったのか？
ゾフィー　それらはハンスが打ったものではありません。
モーア　じゃあ君がやったのか？
ゾフィー　ちがいます。

モーアは白のカードと赤のカードに記入する。

モーア　しかし君は、こんなふうな世界観をもっているんだろう。
ゾフィー　私は非政治的人間ですし、今後もそうです。

モーアはゾフィーの前にビラを置く。

モーア　いずれにせよ、字体を精密に検査した結果、今月はじめにアウクスブルクとミュンヒェンの市民に送られたビラは、君の住まいにあったタイプライターで打たれたものであることが判明した。
ゾフィー　まったく存じ上げないことです。

ゾフィーはその有効打を回避しようとする。上司はモーアに合図を送る。モーアはその意味を理解して外に出て行く。

モーア　（ゾフィーに向かって）座っていたまえ。（記録係に）彼女を見張っているように。

ここでゾフィーは振り返り、上司がドアを閉めるところを見る。続いて彼女は、冷静で、どんなことにも自分は関知しないという態度の記録係を眺める。

38　ヴィッテルスバッハ宮殿、尋問室、夜・室内

カメラは、不安そうに待っているゾフィーのもとにとどまる。記録係は彼女に冷酷なまなざしを送りながら、鉛筆で机を叩く。ゾフィーは彼女に隙を見せまいとするかのように、背中をぴんと伸ばして座り直す。

モーアが入室する。文字の書かれた数枚の紙を手にしている。彼はそれらを机の上に置き、カードは少し横に寄せる。モーアが封筒をあけると、なかから手書きのビラが出てくる。その一部は、いったん小さくちぎられたものを、細かい手作業で再び貼り合わせたものである。彼はそれをゾフィーの前に置く。

モーア　君の兄さんがこの怪文書を破っているところを発見されたとき、君もその場にいたはずだな？　これに覚えは？

ゾフィー　いいえ。

モーア　虚偽の供述をする前に、読んでみたまえ。

ゾフィー　（読み上げる）「ひとりの軍事的詐欺師の面目を保つために、二十万人のドイツ人同胞が犠牲となった」

モーア　何か思い出さないか？

モーアは首を振りながら問いかける。

モーア　ほかの六つのビラの文体と酷似しているじゃないか。

ゾフィーはそれに答えない。

モーア　筆跡に見覚えは？
ゾフィー　ありません。
モーア　嘘をつくのはやめろ！　この中傷ビラを書いたのは、君もよく知っているインスブルック出身のクリストフ・プローブストという男だ。

ゾフィーは内心では驚愕しているが、心当たりがないようなふりをする。

モーア　君たちの部屋で、彼の手紙が見つかった。筆跡は一致している。プローブストも、総統のご厚意に甘えている医学生だ。（冷笑的な口調で）常勤の口はないとはいえ、裕福な民間学識者の息子だ。故郷の山々を愛し、気性のよい家庭的な男だという……ほかの若者が前線で命を落としているこの時期に。要するに、特権を与えられていながら身内の悪口をいう男なのだ――君の兄とクリストフ・プローブストのほかに、ビラ製作をおこなったのは誰だ？
ゾフィー　勝手な憶測はやめてください！

モーアは机の上、ゾフィーの眼前に置かれた証拠品をさらに押す動作をする。

モーア　自宅で発見されたこれらの証拠を、君は故意に隠していたわけだ。事実のままに完全な供述をする義務があったにもかかわらず！

ゾフィー　知らないことは、話せませんから。

モーア　君の兄も、最初は君と同じように重要なことはまったくいわなかった。これらの証拠をつきつけられたとき、彼がどんなことをいったか聞きたいだろう？

ゾフィーはかすかにうなずくことしかできない。ゾフィーからも見える位置で、モーアはゆっくりと書類の向きを変える。

モーア「東部戦線で敗北し、さらに英米がすさまじい軍事力強化をなしたのちの状況を考慮した結果、私はもはやわれわれの勝利による終戦はありえないと考えるようになりました。私は苦悩に満ちた熟慮を重ねた末に、これ以上の無意味な犠牲を防ぎ、欧州の理念を保つための方策が必要であるという結論に達したのです。それはすなわち、即座に戦争を停止するということです。他方では、私はドイツの占領地および住民の取り扱いは最悪だと考えています」

厳しい一撃を受けながら、ゾフィーは反論する。

ゾフィー　それは単なる政治的意見表明であって、国家を非難するものではありません。
モーア　これは国防軍への侮辱であり、大きな裏切りだ！
ゾフィー　そもそも、兄がそんな供述をするとは想像もできません。

ゾフィーは、モーアの激しい怒りを感じとっている。

モーア　じゃあ、ここで私が偽の供述書をもち出して君を責めているとでも思うのか？

ゾフィーは前方に身体を傾け、力を振り絞るようにして語る。

ゾフィー　直接聞かないかぎり、兄がそんな供述をしたとは信じられません。
モーア　君の兄は、無謀にもこれによって国軍兵士たちを裏切ったのだ。
ゾフィー　彼は裏切ったりはしていません、議論しているだけです。

モーアは、重要な氏名を思い出すために、黄色のカードを手にとる。

モーア　婚約者……フリッツ・ハルトナーゲルのことを考えてみたまえ、フロイライン・ショル！　彼がこの場にいたら、何と説明するつもりなんだ？

ゾフィー　戦争は敗北したのであり、これ以上の犠牲は無意味だといいます。

犯罪捜査の専門家であるモーアは、着実に仕事を進めていく。彼は言葉を続ける。

モーア　アイケマイアーのアトリエに関してはいうことはないか？

この瞬間、ゾフィーはもはや自分にはチャンスがないことを知る。ゲシュタポはアトリエと印刷機を発見したのだ。彼女の抵抗も崩壊する。とはいえ、彼女は絶望的に最後の戦いを続ける。

ゾフィー　それなら知っています。アイケマイアーは建築家です。数ヶ月も前からクラクフに行っているんですが、行く前に私たちにアトリエの鍵を預けたんです。彼の絵を知人に見せられるように……。

モーアが厳しい口調でさえぎる。

モーア　アトリエの印刷機にあった指紋は君の兄のものだった。彼はすべて自分ひとりがやったと自白し、それは調書としてまとめられている。六つのビラの文章を考え、印刷し、まいたというのだ。一晩のうちに、たったひとりでミュンヒェン市内に五千枚をばらまいたとね。

モーアは調書をゾフィーの前に投げ、ハンスの署名を指さす。

モーア　君は兄といっしょに暮らしている。バルコニーでも彼といっしょにいた。それでもまだ私たちに、自分はいっさい無関係だと信じさせようとするのかね？　大学にあった怪文書を、無害な紙切れだと思ったと主張するつもりか？　そろそろ認めたらどうだ、兄といっしょにビラをつくり、まいていたことを。

ゾフィーは、もはや逃げ道がないことを悟る。彼女は自白する。

ゾフィー　その通りです——私はそれを誇りに思っています！

沈黙が支配する。モーアはいまなお眼前に置かれている釈放証明書を手にとり、おりたたむと上着のポケットにしまう。彼は白いカードに自分が書き入れた文章にチェックを入れる。

ゾフィー　兄と私はどうなるんでしょう？

モーア　そのことをもっと早く考えておくべきだったな、フロイライン・ショル。

ゾフィー　家族も逮捕されるんでしょう？

モーア　それは他の者が決める。

ゾフィー　トイレに行かせてほしいんですが。

モーアは時計を見る。

モーア　今はだめだ。

いまやゾフィーは精神的に打ちのめされ、背中を伸ばしていた姿勢もくずれてしまっている。以下の質問には、モーアのほうを見ずに小声でとぎれとぎれに答える。モーアは青のカードを参照し、メモを書きこむ。白いカードに対しても同様な書きこみをする場合もある。

モーア　ビラの文章を考えたのは誰だ？
ゾフィー　私です。
モーア（怒りをあらわにして）まだ嘘をつくのか、フロイライン・ショル！（意地悪そうな、だが穏和な口調で）われわれはすでに数週間前に科学的分析をおこなっている。それによれば、ビラを書いたのは男性の頭脳労働者である可能性がかぎりなく高いということだ。つまり君のお兄さんだ！

モーアはゾフィーと自分のあいだに置かれた証拠物件を指さす。

モーア　恥知らずなビラを郵送したのは誰だ?
ゾフィー　兄と私です。
ゾフィーは、気分が悪いことが誰の目にも明らかなほど顔面蒼白になっている。
ゾフィー　すみません、いますぐトイレに行きたいんですが。
モーアは不愉快そうである。彼は白いカードをかき集め、できた束を机の上に置く。彼は受話器をとって告げる。
モーア　ロッハー!　トイレだ!
モーアは洗面台に近づき、グラスに水を入れて薬を一錠のむ。そのあいだにロッハーが入室し、彼女を連れて行く。
ロッハー　さっさと来い!

39　ヴィッテルスバッハ宮殿、廊下、夜・屋内

ゾフィーはロッハーと廊下を歩いてトイレへ向かっている。カメラは近い位置から、ゾフィーが新しい状況を頭のなかで整理しようとしている様子をとらえる。

40　ヴィッテルスバッハ宮殿、トイレ、夜・屋内

広いトイレ。便器の蓋は腐食している。ドアのガラスごしにロッハーの影が見える。疲れ切った彼女は蛇口から水を飲み、額に水をつけて冷やす。髪の毛をかき上げ、鏡に映った自分の青白い顔を見る。ヘアピンで髪をとめ直す。そのあとで頭を鏡につけ、残った力をふりしぼろうとする。

瞳に涙をためた彼女は、心のなかでウルム、家族、そして自由に別れを告げる。続いて深く息を吸いこむ。

ロッハーがせき立てるようにドアをノックする。

いまや彼女は態度を一新して、モーアとの戦いの続きに臨む。

41　ヴィッテルスバッハ宮殿、廊下、夜・屋内

尋問室へ戻る途中で、ゾフィーはとつぜん友人であり共謀者であるヴィリー・グラーフと顔を合わせる。ヴィリーと妹のアンネリーゼは手錠をかけられ、私服を着たふたりの男性が横についている。

アンネリーゼ　離して！　離してよ！

男　いい加減に静かにしないか。

ヴィリーとアンネリーゼが隣の尋問室に入れられたとき、ゾフィーは兄が叫んでいる声を聞く。

ハンス（オフ）　あの人たちに何の用があるんだ？

ヴィリーはゾフィーの横を通るとき、まったく彼女に気づかない様子だ。ゾフィーもまた同じように、ヴィリーとその妹をまったく知らないかのようにふるまう。

ロッハー　お仲間なんだろう、フロイライン・ショル？

ゾフィーは答えない。

ロッハー　捜査は着実に進んでいるぞ。

ゾフィーはあいたドアの前を通る。彼女の部屋と似た広い尋問室のなかで、ランプに照らされた兄が座っている。ハンスのほほえみには疲れが感じられるが、彼女は勇気づけられる。ロッハーはゾフィーをせき立てる。

ロッハー　さっさと歩かないか！　その右のドアだ、わかってるだろう。

42
ヴィッテルスバッハ宮殿、尋問室、早朝・室内
一九四三年二月十九日、金曜日

尋問が続いている。記録係は速記帳を見ながらタイプライターを打っている。モーアはそれを肩越しに見ながら、質問を続ける。

モーア　大学、ルートヴィヒ通り、マリーエンプラッツ、カウフィング通り、シュヴァービングの「ヒトラー打倒」「自由」、線で消した鉤十字などの落書きは？

ゾフィー　兄と私がやりました。

モーアは疲れた様子でため息をつき、黄色のカードに目をやる。

モーア　君のお兄さんは、大学で逮捕されたあと「うちに帰って、アレックスにぼくを待つなといえ」といっている。すぐ近くにはシェルトリングがいた。シュモレルを逃亡させるためにそういったのか？

モーアはこのとき、はじめて重要な共犯者の名前を出す。しかしゾフィーは、この鋭い指摘をかわせる程度には頭がさえている。

ゾフィー　ハンスはシュモレルと約束をしてましたから、無駄に待たせたくなかったんでしょう。
モーア　そもそも計画についてシュモレルと話したことは？
ゾフィー　ありません。

別の黄色いカードが出される。記録係はタイプでの清書を終え、カーボン紙をとりはずし、紙をそろえ、モーアにオリジナルを渡す。

モーア　ではグラーフとは？
ゾフィー　ありません。

モーアがゾフィーを信じていないのは明らかである。疲れ切った様子で彼はいう。

モーア　フロイライン・ショル、どうしてまだ嘘をつくんだね？
ゾフィー　嘘なんてついていません。

モーアは窓のカーテンをあける。ゾフィーは、向かいの建物の上空が白く輝き、早春の一日がはじまろうとしているのを見る。モーアはあくびをする。疲労の極に達しており、精神を集中するのが難しそうだ。いっぽうゾフィーは気持ちの張りを失っておらず、注意深い様子だ。彼女はまた髪の毛のピンをとめ直す。

モーアは尋問を中断し、集めていた煙草の吸い殻をひとつとって火をつける。カードは机の上に雑然と置かれている。彼はゾフィーに、タイプで打たれた供述書を押すようにして渡す。

モーア　君の供述書だ。署名したまえ。

ゾフィーはそれを見ると、モーアから万年筆を受けとってサインをする。

モーアは出口のほうへ歩き、ドアをあけて助手を呼ぶ。

モーア　ロッハー！

ロッハーが入ってくる。

ゾフィーは退室のさいにフックにかけていたコートをとり、腕にかける。

43　ヴィッテルスバッハ宮殿、地下通路、朝・屋内ゾフィーは毅然とした態度で、何かを真剣に考えている様子で拘置所への通路に足を踏み入れる。隣にいるロッハーは、あからさまな興味を示しながら彼女をじろじろと見る。

ロッハー　これで革命はどうなるかな？

ゾフィーは険しい表情で無視する。

44　拘置所、房、朝・室内

ゾフィーは疲れ切っており、青ざめてはいるが、しっかりと顔をあげたまま房に戻る。地階の窓を通して、朝の光が斜めに差しこんでくる。

エルゼは、肩に毛布をかけて彼女を待ち、朝食もとっておいてくれた。エルゼは立ち上がって毛布をとり、ゾフィーに近づく。

ゾフィー　朝ごはん？

エルゼ　とっておいたのよ。さあ、お座りなさい。

ゾフィーは机に向かって座る。エルゼが彼女の肩に毛布をかけてやる。

ゾフィー　兄はどうなったかしら？
エルゼ　彼もこっちに戻ってきてる。でも夜のあいだに、学生がふたり連れてこられたわ。あなたたちみたいな兄妹よ。

ゾフィーはうなずく。グラーフ兄妹に会っていたからである。ゾフィーにとってはリラックスできる短い時間が訪れる。ゾフィーのそばに座っているエルゼは、好奇心に満ちている様子だ。彼女の親切な態度をゾフィーは快く感じる。

エルゼ　あなたたち兄妹がどんなふうに闘ったか、みんな噂しているわ。

ゾフィーは悲しげなほほえみを浮かべてうなずく。

ゾフィー　闘いはしたけど、負けちゃったわ！　やつらはもうビラに関するすべてのことを調べ上げたのよ。

エルゼはそれを聞いて驚愕するが、いつもここでそうしているように、事態を整理しようとする。

エルゼ　何てことなの！　じゃあつまり、あなたたちは当分ここにとどまることになったのね。（間を置いて）

でも元気を出して！　兄と私は、一年と六ヶ月前からここに入れられてるけど、まだ裁判すら開かれていないんだから。

ゾフィーは少し希望を抱き、ため息をつきながらいう。

ゾフィー　そうね、きっと少し時間はかかるでしょうね。
エルゼ　ここでは我慢することを学ぶのよ。時間をかせげれば、勝利を収めたことになるわ——そして裁判になったって、あなたはダッハウに送られ、お兄さんは懲罰部隊に入れられるぐらいですむわ。
ゾフィー　その程度ならいいけど！

彼女はためらっているが、少し気が軽くなって、へこんだブリキの皿に置かれているマーガリンを塗られたパンをかじりはじめる。

エルゼ　モーアが、そもそもドイツにはああいった連中が必要なのだ、といったらしいわ。徹底的な再教育が必要だ。ひょっとすれば「世界観の学習」をさせてみよう、ですって——でも、やつらは後悔することになるわよ。保証するわ。
ゾフィー　どうして？
エルゼ　幹部ですら、不安でたまらないのよ。八週間から十週間ぐらいで連合軍が攻めて来るらしいわ。そうなれば、ドイツ解放は時間の問題よ。

ゾフィー　私たちはどうなるのかしら？

エルゼ（力強く）最初に釈放されるわよ、何しろ反ナチだったんだから。

ゾフィー　父や母は、いつこのことを知るのかしら？

エルゼ　それはわからないわね。

ゾフィー　私たちが逮捕されていることを母が聞かされたら、耐えられないかもしれない。六十歳を越えてるし、何ヶ月も前から病気なの。もしまたゲシュタポが実家におしかけて、連帯責任なんてことをいい出したりすれば……。

エルゼ　お父さんは？

ゾフィー　母よりも十歳年下なの。父はいつも私たちのために力をつくしてくれたわ。

エルゼ　じゃあ、お母さんはひとりじゃないのね。

ゾフィー　それに、姉たちもいるから。

ゾフィーのベッドにはシーツがかけられ、その上に寝間着が置かれている。彼女はパンを食べ残し、最初はベッドの端に尻をのせているが、次第にうしろにもたれかかり、上半身を毛布で覆う。

斜めの陽光が彼女の顔に当たる。

ゾフィーは頭のうしろで手を組み、毛布を見ている。そのすぐあと、何度かまばたきをしたかと思うと、眠りに落ちる。

エルゼが彼女の上にコートをかけてやる。

45　拘置所、房、昼・屋内

太陽の光は消えている。房の窓はいまや影のなかに入っている。ゾフィーは横を向いて眠っている。
中庭を男性たちが走る。命令の声が聞こえる。

オフの音声　乗車！

自動車がスタートし、中庭から出ていく。ゾフィーはその音で目をさます。ふたたび静寂が訪れる。
ゾフィーは身体を起こし、顔にかかった髪の毛をはらい、前方を見る。エルゼは毛布にくるまってベッドの端に座っている。彼女はゾフィーを見守っていようと思っていたのだが、眠りこんでしまっている。
ゾフィーは、エルゼが目をさまさないように静かに洗面台に近づき、指に少量の練り歯磨きをつけて歯を磨く。
ロッハーが入ってくる。

ロッハー　洋服を着ろ、フロイライン・ショル。五分後に尋問開始だ。

エルゼは目をさます。ロッハーは退室する。

エルゼ　今度はどうしたっていうの……ほんとうにいやな男ね。

エルゼは立ち上がり、後方でゾフィーのベッドを直す。

ふたりは視線を合わせる。囚人同士の心が通い合う。

46　ヴィッテルスバッハ宮殿、尋問室、昼・室内

モーアによる尋問は、さらに細部に踏みこんだものとなっている。室内には記録係の姿もある。モーアの前には黄色のカードが広げられている。その横には青いカードがあり、赤と白のものはあまり大きな役割はたしていない。

輝かしい、しかし低い位置から差してくる二月の陽光を浴びた隣の建物が見える。モーアは手をゆるめない。現在、問題とされているのは友人のことである。モーアは顔を上げ、ビラを一枚手にとって語りはじめる。

モーア（読み上げる）「われわれは沈黙しない。われわれはおまえたちの良心の呵責だ！　白バラはおまえたちに一刻の安らぎも与えない」――この「われわれ」とは誰なんだ？

ゾフィー　それは兄が書いたものです。

モーア　四号ビラの最後に「再印刷してもっと広めよう」と書かれている。（彼は五号ビラを手にとって目を通

す）こちらの最後の部分には「抵抗運動」という言葉が使われている。君たちだけの犯行とは思えないがね。

ゾフィー　グループがあるわけではありません。

黄色いカードが出される。

モーア　ヴィリー・グラーフについては何を知っている？

苦しい状況である。ゾフィーは彼が逮捕されたことを知っているからだ。

ゾフィー　軍曹です。兄と同じく医学部の学生で、ときどき遊びに来ます。
モーア　われわれは、彼がアトリエでビラの印刷を手伝ったことを知っているんだがね。
ゾフィー　指紋を見つけたというのでしょう。でも彼は、まったく別のときにアトリエに来ていたんです。
モーア　いつだ？
ゾフィー　一月のなかばに、友人たちを集めてアイケマイアーの絵を見せたときです。そのせいで、アトリエにはほかの人たちの指紋も残っているわけです。

モーアはゾフィーがたくみに攻撃をかわしたことを認めざるを得ない。彼は彼女をちらりと見たのち、ヴィリーについての情報が書かれているらしい黄色のカードに何かを書きこむ。モーアはもう一枚、黄色のカードを手にとる。

モーア　ほかには誰がいた？　シュモレルは？

ゾフィー　いたかもしれません。私がいたのは最初のほうだけで、そのあとはコンサートに行ったので、よくわかりません。

モーア　グラーフが前線に配置されたときのことを何といっているか、知っているかな？

ゾフィーは気づく。いまやグラーフ兄妹も尋問されているのだ！　いっそう慎重にならなければならない。

ゾフィー　いいえ、彼からロシアでのことについて話を聞いたことはありません。

モーア　グラーフは「われわれはいたるところで悲惨な状態を目撃した」といっている。

ゾフィー　おそらくそれは真実なのでしょう。

モーア　しかし、彼がいっているのはボルシェヴィキがもたらした悲惨のことではなく、戦争のことなのだ――グラーフも「白バラ」の一員なんだろう？

ゾフィー　ちがいます。

長い沈黙。ゾフィーはモーアが彼女を試すようなまなざしに耐える。

モーア　シュモレルはどんなやつだ？
ゾフィー　やはり軍曹で、医学部の学生です。兄の親友です。

モーアはさらに黄色のカードを手にとる。

モーア　父親は半分ロシア人で、母はロシア人だ。だからロシアを愛しているわけか？
ゾフィー　そうでしょう、しかし彼は、自分の家族を追放したボルシェヴィキを憎んでいます。本人は完全なドイツ人のつもりです。
モーア　その若者はずっと以前から、自分自身が疑わしい血統の持ち主であるにもかかわらず、血統的に何ら問題のないドイツ女性を捜すのではなく、応召義務のあるロシア人女性と交際するのを好んでいるのか？
ゾフィー　それは私的な問題でしょう。
モーア　仲間うちでは、君は彼を何と呼んでいる？
ゾフィー　兄と私は、ふざけてシュリクと呼んでいます。
モーア　政治的にはどうだ？
ゾフィー　シュモレルはまったくの感情的人間で、政治的思考過程などは欠落しています。
モーアはときおり小さな管から錠剤をとり出して口に運び、話しながら口のなかで溶かす。彼は共犯者の問題に戻り、青いカードを手にする。

モーア　ザルツブルクとリンツにビラを送ったのはプロープストか？

ゾフィー　ちがいます。奥さんと三人の子供がいるということを考えても、ハンスが彼を誘うはずがありません。

まったく唐突に、モーアの我慢が限界に達する。彼は平手で机を叩き、ゾフィーをどなりつける。

モーア　君はここでは真実を話さなければならんのだ！　いい加減に、正直に全部話さないか。

机を叩かれて、ゾフィーは一瞬ぴくりと身体を動かすが、信念を曲げることはない。モーアは、彼が感情を爆発させたせいで記録係が唖然としていることに気づく。彼は視線をそらす。

モーア　アンネリーゼ・グラーフは？

ゾフィーはこのあと、モーアが情報を得たがっている人物の無害な事実や評価などを語る。それは強制されたものではなく、ゾフィーもかなり真面目な口調である。モーアは黄色のカードにメモを書き加える。

ゾフィー　彼女と会ったのは八回から十回といったところです。

モーア　どんな話をしたんだね？
ゾフィー　文学や科学について話しました。彼女は政治にはまったく無関心だと思います。
モーア　非政治的な人間だが、仲間には入ったということか？
ゾフィー　彼女が私たちのビラといっさい無関係であることは保証します。
モーア　兄のヴィリーとは異なって？
ゾフィー　ヴィリーも無関係です。
モーア　ではシェルトリングは？
ゾフィー　ギゼラとは、ミュンヒェン大学で学ぶようになっていらい、よく会っています。クラウヒェンヴィースでの労働奉仕で知り合いました。彼女はナチズムに共鳴しています。
モーア　フロイライン・ショル、君の話によれば、帝国全土に非政治的人間とナチズムの運動の支持者しかいないということになるな。
ゾフィー　もしそうなら、あなたにとっては最高の状態でしょう、モーアさん？

じっと彼女を見つめたあと、モーアはゲシュタポが証明できる事実について語りはじめる。彼は書類棚からファイルをとり出して開く。

モーア　われわれの確認したところでは、いわゆる「白バラ」は、一月だけで一万枚の用紙と二千枚の封筒を調達している。誰がこんなことをやったんだ？

ゾフィー　兄と私です。

モーアは横目で書類と青いカードを見比べる。

モーア　ちょっと聞くと、信じられそうにも思える。というのは、最初の四号までは、数百枚という規模にとどまっていたからだ。しかし君は、兄とふたりきりで数千枚もの第五号と六号を印刷し、郵送したと主張するのかね？

ゾフィー　昼も夜も作業しましたから。

モーアは、怒りを爆発させないようにつとめている。

モーア　講義にもきちんと出席しながら、その合間にやったというのか？

ゾフィー　その通りです。私たちはまず派手に人目を惹こうと考えました。抵抗運動のための広い基盤をもちたかったのです。

モーアはまっすぐゾフィーの目を見る。彼女は新たな攻撃が加えられることを覚悟する。

モーア　われわれは君の兄が、グラーフ、シュモレル、そしてフルトヴェングラーとヴィッテンシュタインという男と東部戦線でいっしょだったことを知っている。全員がミュンヒェン大学の学生だ。（ゾフィーの顔色をうかがうように）彼らが政治の議論をしなかったはずがないだろう？

ゾフィー　兄から聞いたのは、大勢の人が死んだことの悲惨さと、仲間たちの話だけです。

モーア　とても信じられんな、フロイライン・ショル。

ゾフィー　しかし今日では、戦時的な意見表明ということでは、誰もがおそろしく慎重になっています。

モーア（にやりと笑って）君たちのビラにもそう書いてあるな。（とつぜん真顔になって）宛先の住所はどうやって調べた？

モーアはゾフィーに住所の並べられたノートを見せる。

ゾフィー　ドイツ博物館のなかにある電話帳を見たんです。

モーアは青いカードを引き抜いて目を通す。

モーア　シュトゥットガルトを例にとろう。一月二十七日から翌朝にかけて、約七百枚のビラが投函されている。いっぽうここミュンヒェンでも、同じ日に二千枚ほどのビラがまかれた。君の兄ひとりでそんなことができるはずがない……二千枚だなんて！

ゾフィーは、自分に責任をかぶせ、他の者の罪を否定できるような、調査可能な事実を挙げられそうであることに安堵する。

ゾフィー　私は二十七日に、夜の急行でシュトゥットガルトに向かいました。ビラは鞄のなかに入れていました。到着後、ビラの半分は駅近くのポストに入れ、残りは郊外で投函しました。

モーアは数枚のカードを見ながら事実を確認する。

モーア　夜はどこで過ごしたんだ？
ゾフィー　二等か三等の待合室です、はっきりとは覚えていませんが。

モーアは再びカードに目を走らせる。

モーア　だが、一月二十七日に君の兄ひとりでミュンヒェンで二千枚ものビラを電話ボックスの電話帳に入れたり、ほかの場所に置いたりしたなんてことはありえない。誰が協力したんだ？
ゾフィー　私はミュンヘンにはいませんでした。

ゾフィーはモーアの前で表情を変えずにいる。モーアは別の青いカードをもち、差し替える。それとともに話題も変える。

モーア　ビラ作戦の金を出したのは誰だ？

ゾフィー　兄と私です。

モーア　君たちはどうやって生計を立ててるんだね？

ゾフィー　毎月、父から一五〇マルクの仕送りを受け、兄は兵隊給与があります。

モーア　その金で君たちふたりが生活し、ビラや切手代も払ったというのか？　ウルムに一度行くだけでも、十五マルクはかかるじゃないか。

ゾフィー　友人からお金を借りることもあります。

モーア　誰が貸してくれたというんだ？

ゾフィーは答えない。モーアはノートを見ながら語る。

モーア　この左ページの上には「E」と書いてある。これは、「Einnahmen」〔入金〕の略にちがいない。金額のあとに書かれているのが、金を出した人間の名前だというわけだな。

ゾフィー　そうです。

モーア　ここには婚約者の名前もあるじゃないか。彼も共犯者なのか！

ゾフィー　まさか！　お金を借りたときは、いつも何か口実をつくっていました。誰に訊いてくださってもけっこうです。(強い口調で) あなたがたが捜している犯人は、兄と私なんです。
モーア　君とお兄さんが全部やったということにすれば、話がそれで終わると考えているのか?
モーアはゾフィーの前に刑法典を投げる。ゾフィーはぴくりと身体を動かす。ゾフィーは歩き回るモーアを目で追う。モーアは彼女をじろじろと見ている。
モーア　フロイライン・ショル、メンバーは割れているんだ! われわれに協力しようと考えてみたらどうだ?
……そうすれば、罪を軽くしてもらえる可能性もある。哀れな両親と、君が彼らにもたらした恥辱のことを考えてみたらどうだ。
ゾフィー　モーアさん、あなたは私たちを反逆罪で告発しようとしている。それでいて、自分ひとり助かるために、私がいわゆる共犯者を裏切ることを期待しているのですか?
モーア　犯罪の解明は裏切りではあるまい。
ゾフィー　兄の仲間たちはまったく無関係なのです。
モーアはなすすべがなくなる。共犯者を告発させることに失敗したのである。モーアは怒っている。ゾフィーはゲシュタポにいかなる証拠をも提供しなかったことを、重要な段階的勝利と見なすことができるだろう。モーアは受話器をとっていう。

モーア　連れて行け！

ロッハーが現われ、ゾフィーはドアのほうに身体を向ける。モーアは何かを考えている様子で机に向かって座っており、黄色いカードを分類するかのようにもてあそんでいる。最後にゾフィーは、モーアが何かを考えている様子で最後のビラを手にとり、読みはじめるのを見る。

両者はこの尋問においては最後に目を合わせる。モーアは錠剤を服用する。

47　拘置所、房、夜・屋内

電灯は消されており、外から天空の明るさがもれてくるのみである。ゾフィーは房内のベッドに腰をおろし、毛布をかけ、腕で膝を抱えて物思いに沈んでいる。エルゼは、ベッド上でゾフィーのほうに身体を向けて横になっている。

ゾフィー　フリッツが心配だわ。ノートに彼の名前なんか書くんじゃなかった。

エルゼ　彼も仲間の一員だったの？

ゾフィー　それだけはぜったいにないわ。

エルゼ　何も気づかなかったというの？

このとき、ゾフィーはまたもエルゼから尋問されているのかどうかがわからなくなる。それゆえに、彼女は巧妙に、はっきりと答えることなくその問いをやりすごす。

ゾフィー　そうよ。彼はヒトラーに忠誠を誓った兵士なの……彼とはよく議論をしたわ。私は、前線で戦うことには反対してた。それは、戦争を長引かせることになってしまうから。そういうと、彼は不愉快そうにしていた。

エルゼ　彼もスターリングラードに？

ゾフィー　いたことはいたわ。だけど、運良く負傷したおかげでレムベルクに脱出できたの。指二本が壊死したわ。仲間と何週間も屋外の氷点下三〇度の世界にいたからよ。犬死にせずに、生き抜いて欲しいと思ってるわ。

エルゼ　フリッツがあなたがここにいると知ったら、どうでしょうね？

ゾフィーが厳しい視線を送っていることにエルゼは耐えている。

ゾフィー　彼ならわかってくれる。そう期待してるわ。

ふたりはほほえみを交わす。ゾフィーは次第に自分の殻に閉じこもった態度から脱する。

エルゼ　彼とはどんなふうに知り合ったの？
ゾフィー　お茶の時間のダンスパーティーで。私は十六歳、彼はもう少尉だった。友達のご両親からは「黒人音楽」として禁じられていたんだけど、スウィング・ジャズのレコードをかけたの。カウント・ベイシー、サッチモ、それから何といってもビリー・ホリディ！

ゾフィーはその曲をハミングしはじめる。ふたりは指でリズムをとり、顔を見合わせて笑う。ゾフィーはさらにリラックスし、生き生きとふるまい、ベッドの上に座ったまま踊っているかのように身体を動かす。当時の流行のダンスの動きをしているようにも見える。

ゾフィー　フリッツにダンスを申しこまれたわ。私は胸の高鳴りを抑えながら踊った。夢のなかにいるみたいだった。
エルゼ　まだ十六歳だったのに、それほどの情熱と愛情を感じたのね。彼の外見はどんな感じ？
ゾフィー　（遠くに思いをはせるように）背が高くって、黒い髪。自由な精神。いつも笑わせてくれた。（小声で、感情をこめて）無償の愛って本当にすばらしいわ！

ふたりが何かを考えこんでいるうちに時間が経過する。

ゾフィー　でも、彼とは考えが大きくくいちがうこともあったから、これが共同生活を築くための基礎なのかしらと自問していたわ。ほんの少しだけ、人生をともに歩くだけの人たちもいると思うし。
エルゼ　ほんの少しだけ？
ゾフィー　そう。そして道がわかれているところで、穏やかに自分の方角へと進むの。フリッツと私はいま、友情だけでなく愛情を必要としている――（穏やかな口調で）私はただ彼のそばで休みたいと思うし、彼の衣類の生地だけを目にし、感じとりたい。
エルゼ　最後に会ったのはいつ？
ゾフィー　去年の夏だわ。私たちは、北海に面したカローリネンジールにいた。明け方に釣り船を出して、夕方は馬車で干潟へ行ったわ。夜はいっしょに歌い、自由について語り合った。兵士も戦闘機も爆弾もなかった！　あったのは海と大空、ふたりの夢と凪だけ。

エルゼは黙っている。それは、この瞬間にゾフィーが頭のなかでゲシュタポの拘置所から遠いところまで飛翔していることを感じたからである。ゾフィーは夢を見ているかのように、そして恋人に思いこがれながら身体の向きを変える。

48　拘置所、房、夜・屋内

真夜中。ふたりは眠っている。
とつぜん四回ほど叫び声が聞こえる。ゲシュタポの日常的行事である拷問の鞭打ちがおこなわれているのだ。

ゾフィーとエルゼは目をさます。

ゾフィー　何なの？

ゾフィーはエルゼのほうを見る。エルゼはゾフィーのようには驚いておらず、ひたすら眠そうで、絶望的な表情で毛布を見ている。

エルゼ　大丈夫よ、あんなふうな厳しい取り調べは、いまはロシア人とポーランド人にしかおこなわれていないから。お兄さんじゃないわよ……。

もう一度、さらにもう一度叫び声が聞こえる。痛々しい叫びである。そのあとで、やっと静寂が戻る。ゾフィーは、ひとりで祈りはじめる。

ゾフィー（ささやく）神様、私はあなたに向かっては口ごもることしかできません。あなたには、心を差し出すことしかできません。あなたは私たちを、あなたに仕える者として創造されました、そしてあなたのうちに安らぎを見出すまで、私たちの心が安まることはありません。

ゾフィーはじっと前方を見つめる。

49　ヴィッテルスバッハ宮殿、房、昼・屋内
一九四三年二月二十日、土曜日

ゾフィーは房のなかにひとりでおり、鏡の前にある洗面台のところでタオルの端を水に濡らして目の回りを拭き、続いて衣服の皺を伸ばそうとする。ドアが開く。ゾフィーが鏡を見ると、入ってきたのはエルゼである。彼女は急いでいる様子だ。ゾフィーはエルゼのほうに向き直り、彼女を見ながら何かが起こったことを感じる。エルゼは興奮し、早口でゾフィーに語りかける。

エルゼ　アレクサンダー・シュモレルっていう人が逃亡してるんだって。今朝から特別指名手配されてるわ。千マルクの報奨金つきよ。

ゾフィーの瞳が輝きはじめる。それは喜びの表われである！　シュリクは奴らから逃れているのだ！　何と素晴らしいニュースだろうか！　ゾフィーはタオルを脇に置く。
ドアの食器出し入れ口が開き、スープが入れられる。エルゼはゾフィーの前にスープを置く。

エルゼ（軽蔑したように）また酸っぱい味つけの臓物スープね。
ゾフィー（ドアのほうに向かって）ボーイさん、食券を返してくださる？

エルゼ　あら、ユーモアのセンスがあるわね！

ゾフィーがほほえみ、腰をおろしてためらいながらブリキの食器のなかをかき回し、食べはじめる。

ゾフィー（はっきりとしたほほえみを浮かべて）私たちがいつも何ていってるか、教えてあげましょうか？「雨がふったら喜びなさい、喜ばなくったってけっきょく雨はふるんだから」

ゾフィーが粗末な食事をおいしそうに食べているあいだ、カメラはエルゼとともにゾフィーの顔をじっくりととらえる。

ロッハーがドアをあける。

ロッハー　ショル、出ろ！　お仕事のはじまりだ！

50　ヴィッテルスバッハ宮殿、尋問室、昼・室内

この尋問では、記録係の姿はない。モーアはメモをまとめ、カードは束ねてゴムでとめてある。尋問の最終段階がはじめられる。両者は以下の対話を激しい口調で、きわめて感情的におこなう。とはいえ、モーアは最初は穏やかでやさしい印象である。彼が筋金入りのナチであるせいもあって、あるいはナチであるからこそ、ゾフィ

ーの態度だけでなく、彼女が友人を裏切ろうとしないことが彼に感銘を与える。モーアはゾフィーに、彼女の理念と少なくとも多少の距離を置かせ、彼自身の政治的信条の価値を認めさせようと説得する。それゆえに、尋問は驚くほど穏やかに開始されるのである。

ゾフィーは、モーアから本物のコーヒーをすすめられて驚く。彼は彼女の前にカップと皿を置き、保温ポットから液体をそそぐ。胃が痛むために彼自身はコーヒーを飲まず、煙草もすわない。

モーア　ほら、飲みなさい。

ゾフィー（びっくりして）本物のコーヒーだわ！

ゾフィーは少しだけコーヒーを飲む。モーアはゾフィーを見つめる。

モーア　君にとってはドイツ国民の幸福も重要なことだろう、フロイライン・ショル？

ゾフィー　ええ。

モーア　君は、卑劣にもビュルガーケラーで総統に爆弾をしかけたエルザーのような男とはちがう。スローガンは誤っているとはいえ、平和的手段で戦ってきた。

ゾフィー　それなら、どうして私たちを罰しようとするんですか？

モーア　法律にそう定められているからじゃないか！　法律がなければ、秩序は失われてしまう。

ゾフィー（熱心な口調で）あなたがよりどころにしている法律は、三三年にナチが権力を握る前には言論の自由を守っていました。しかしいまのヒトラー政権では、自由に発言すると刑務所行きか死刑になってしまう。そんな法律が、秩序とどんな関係があるというのでしょう?

モーア　誰が交付したものだろうと、人は法律以外の何に頼ればいいというのだね?

ゾフィー　良心です。

モーア　馬鹿げてる!（最初の尋問のときに見せた法律書を指さして）ここに法律があり、ここに（彼はゾフィーを指さす）人間がいる。私は犯罪捜査の専門家として、この両者がぴったりと一致するかどうかを吟味することを義務としている。そして一致しない場合には、どこが誤っているかを考えるわけだ。

ゾフィー　法律は変わっても、良心は変わりません。

モーア　ひとりひとりが、自分の良心に従って善悪を決めたらどうなる? 考えてみなさい、犯罪者が総統を倒したとしても、そのあとに何が起こるかを。必然的に、犯罪的な混沌が訪れるだろう! いわゆる自由思想、連邦主義、それに民主主義か? どれもわれわれにはおなじみのものじゃないか。その行く先がどうなるかは、誰もが知っている。

ゾフィー　ヒトラーと党が消えれば、そのときはじめて全国民のための正義と秩序が回復するでしょう。党の同調者だけでなく、すべての個人が専横から守られるでしょう。

モーア　専横? 同調者? 誰が君に、そんな暴言を吐く権利を与えたんだ?

ゾフィー　数枚のビラを根拠として兄と私を罪人と呼ぶあなたこそ、暴言を吐いているんじゃありませんか。私たちは、言葉でほかの人たちに訴えかけようとしただけです。

モーアはいまや憎悪を剝き出しにした小市民としてふるまう。その姿はヒトラー当人にも似ており、コンプレックスを抱き、偉大なる帝国の夢にとりつかれた典型的なナチそのものに見える。

モーア　君は特権階級なのだ。君と君の一味は、恥知らずに特権を濫用している。君たちは、われわれの金によって戦争のまっただなかで大学で勉強することを許されている。私は糞みたいな民主主義の時代には、仕立屋の修業しかできなかった……なぜ警察官になれたか、話してやろうか？　私をいまの地位につけてくれたのは、プファルツを占領したフランス人たちであって、民主主義ではない。ナチズムの運動がなかったなら、私はいまもピルマゼンスで田舎警官をしていただろう。ヴェルサイユの不平等条約、インフレ、経済的困窮、失業、そういったすべてをわれらが総統アードルフ・ヒトラーが解決してくれたのだ。

ゾフィー　そして彼は、ドイツを戦争へと導いたわ。

モーア　英雄的な戦いへと導いたのだ！　君たちは、君たちが軽蔑し、闘っている相手の人間とまったく同じ配給券を受けとっている。早い話が、君たちはわれわれよりもましな生活をしているのだ。そんな必要などまったくないのに……いったいどうして反抗などできるんだ？　総統とドイツ国民に守られているくせに……。

ゾフィー　……守られてるって、私たちがここ、ヴィッテルスバッハ宮殿にいることですか？　それとも、家族に共同責任を問うことですか？

モーア　……（大声で）われらがドイツ兵士は帝国と同胞を金権政治やボルシェヴィズムから守り、偉大なる自由なドイツのために戦っている。二度とドイツの国土を占領されてはならん！　それだけはいっておくぞ！

ゾフィー　……まもなく戦争が終われば、再び外国の軍隊が進駐し、あらゆる民族の人々が私たちを指さして、おまえたちは何も抵抗することなくヒトラーに堪えていたのだっていうでしょうね。

モーア　もし究極の勝利が達成され、おびただしい流血と苦難の末に、君がドイツ女子青年連盟に入っていたころに夢想したような自由と幸福がドイツにもたらされるとしたら、何というつもりだ？

ゾフィーはこの議論に嫌気がさしているが、状況を変えることはできない。

ゾフィー　ヒトラーのドイツでは、誰もがそんな信念を失ってしまいました。

モーア　だが、私がいったようになればどうなる？

ゾフィーはいらだちを覚えてしばし沈黙する。モーアが言葉を続ける。

モーア　君はプロテスタントだな？

ゾフィー　そうです。

モーア　教会は、たとえ信者が疑いを抱いていようとも追従を要求するだろう？

ゾフィー　教会では誰もが意志を尊重されるけど、ヒトラーと党員たちは選択の余地を与えないでしょう！

モーア　まだ若い君が、誤った信念のために大きな危険をおかすのはなぜかね？

ゾフィー　こんなふうにしかできないからです。
モーア　私にはわからない。なぜ才能のある君が、私たちと同じように考えたり、感じたりしない？　自由、幸福、名誉、道義的に責任をとる政府、それこそがわれわれの主張なのに！
ゾフィー　私たちを単なるビラの件で逮捕し、尋問し、厳しく罰しようとしているのは、あなたたちが道義的責任を負っているからなんですか？[★20]　ナチが自由と名誉のためと称して全欧州にもたらした血の海に、あなたは目をつぶっているんですか？　ドイツの若者がヒトラーを打倒して、新しい精神的なヨーロッパを確立することに貢献しなければ、ドイツの名声は永遠に恥辱にまみれるでしょう！
モーア　新しい欧州はナチズムの思想によるものでしかありえない。

ゾフィーの発言はとまらなくなる。彼女は壁のヒトラーの写真に目をやる。

ゾフィー　総統が狂気に陥っているとしたらどうしますか？　人種による敵視について考えてみれば十分でしょう！　ウルムでも、ユダヤ人の教師が突撃隊の前に連れ出されて、隊員たちに彼の顔に向かって唾をはきかけろという命令が出されたことがあります。その後、彼は夜のうちに姿を消しました。四一年以後、ここミュンヘンでも数千人ものユダヤ人が東方へ輸送されたのと同じように。
モーア　そんなくだらない噂を信じているのかね？　ユダヤ人は、自ら望んで移住しているんじゃないか。
ゾフィー　もうずっと以前から、ロシアから帰国した兵士が絶滅収容所について証言していますよ。ヒトラーは全ヨーロッパのユダヤ人を抹殺しようとしている。彼はすでに二十年前からこの狂った発言をしているのです。[★21] ユダヤ人が私たちとは異なる人間だなんて、いったいどうして考えられるのでしょうか？

モーア　あいつらは、われわれに災いしかもたらさないのだ。それにしても君も、何もわからぬ頭のおかしい若者たちの一員なのだな。誤った教育のせいなのだろうか……ひょっとすると、私たちの責任なのかもしれない……私だったら、君みたいな娘にもっと異なった教育をできただろうに。

ゾフィーは、モーアが尋問用の明かりの影に退くのを見る。

ゾフィー　ナチが精神障害の子供たちを毒ガスで処理したと聞いたとき、私がどれほどショックを受けたと思いますか？　母の友人から聞きましたが、精神病院の奉仕員のところにいた子供がトラックで連れ去られたというのです。子供たちに車はどこに行くのと訊かれた看護婦は、天国に行くのよと答えました。すると子供たちは、歌いながらトラックに乗りこんだそうです。

ゾフィーは怒りと感情の高ぶりのために涙が出そうになるのをこらえようとする。とはいえ、彼女はまだ自己を抑制している。

ゾフィー　彼らに哀れみを感じてしまうのは、私が誤った教育を受けたせいなんでしょうか？

モーア　彼らは生きる価値がないのだ。君は保母訓練を受けているのだから、精神病患者も見ているはずだ。

ゾフィー　だからこそ、どんな事情があろうとも、神のような審判を下す権利のある人間などいないということを私は熟知しています。精神障害の人の魂がどうなっているかは、誰にも知ることができません。苦難のなかから、どんなひそかな内的成熟が生まれてくるかわからないのです。すべての命が尊いのです。

モーア　ようやく新しい時代が始まったことに、君は適応しなければならない。君のいったことは夢想的であり、現実とは何の関係もない。

ゾフィー　いうまでもないでしょうが、私が話していることは、真実、礼節、道徳、神と密接な関わりがあります。

モーアは感情的な反応を示し、どなり声をあげる。

モーア　神など存在しない！

モーアは窓に近づいて外をながめる。煙草に火をつけ、煙をすいこむ。少し間があく。

モーア　ユダヤ人殺害……子供殺し……すべて嘘だ。

再び沈黙が訪れる。モーアはゾフィーのほうを向き、長いあいだ彼女を見つめる。彼はそれまでとは異なった、穏やかな口調で語りだす。

モーア　君はお兄さんを信頼していたんじゃないか？　彼のすることは正しいと信じて、単に手伝っただけじゃないのかね？　調書には、そんなふうに書くことにしないか？　そうする以外、もう君のためには何もしてあげられないよ。

ゾフィーは、それがゲシュタポでは通常はありえない、救いの手をさしのべようとする言葉であることを理解する。しばらく間を置いたあと、彼女は口を開く。

ゾフィー　やめておきます、モーアさん、それは真実ではありませんから。

モーアはまぎれもなく、彼女を救う可能性があるような言葉を何とかして引き出そうとしている。[★22]

モーア　私は君の力になってあげたいだけだ、フロイライン・ショル。私には息子もいる。君よりも一歳下だがね、以前はよく馬鹿なことを考えていたものだが、いまは義務を果たさなければならないことを理解して、東部前線で戦ってるよ。

彼は手を胃の上に置く。彼が弱さを見せたこの瞬間をゾフィーは利用して、柔和な口調で語る。

ゾフィー　モーアさん、あなたはまだ究極の勝利を信じておられるのですか？

モーアはためらい、即答を避ける。

モーア　フロイライン・ショル、そもそも君があらゆることをもっとじっくりと考えていたなら、こんな扱いをうけることはなかったんじゃないかね？　命がかかってるんだぞ！

ゾフィーはモーアを見つめる。彼女は、自分の生死がかかっており、しかも何もできないことを理解している。モーアは彼女が何もしゃべりそうにないことを見てとると、再び口を開く。彼はゲシュタポの供述書のなかから、最後の尋問における文章を読み上げる。

モーア　いいかね……調書の内容として、こんなふうなものはどうだろうか。（文書を見ながら）君は、ここでの討議の末に、君と兄との行動は、戦時下にある現在の状況においては共同社会に対する犯罪であり、とりわけ東部で戦う部隊のことを考えれば、最高刑の判決をうけてもやむをえないものであるという見解に達した。

ゾフィーは、モーアが紙をもった手をおろし、彼女をほとんど苦々しい表情で眺めているのを見る。彼女はすぐには答えない。自分自身と闘っているのだ。

ゾフィー　だめです。私の立場からいって、それはありえません。
モーア　君の婚約者は野戦病院にいるんだぞ！　ひとつの過ちを認めても、兄を裏切ることにはなるまい……。
ゾフィー　……しかし、信念を裏切ることにはなってしまいます。私はまた同じことをすると思います。私のではなく、あなたがたの世界観が誤っているからです。

ゾフィーはゲシュタポ職員の石のように動かない表情を見つめる。

ゾフィー　私はいまも、自分が国民のために最良の行為をしたと信じています。後悔はしていませんし、結果を受け入れます。

ゾフィーは、大きなチャンスを利用せずに終わってしまったことをよく理解している。モーアはため息をつき、頭をふる。彼は受話器をあげてダイヤルを回す。

モーア　記録係を頼む……そうだ、長官に尋問は終了したといってくれ。

ゾフィーとモーアはおたがいの顔をじっと見ている。モーアが先に目をそらし、煙草の火を消すと、洗面台のところに行って手を洗う。

51　ヴィッテルスバッハ宮殿、廊下・入口ホール、夜・屋内

ゾフィーは尋問室を出て、階段を通って拘置所へと連れて行かれる。足取りからは疲れが感じられる。ロッハーは不信感をあらわにして、横から彼女の様子をうかがう。

ロッハー　どうした？

ゾフィーは答えない。ロッハーは軽蔑のこもった薄笑いを浮かべ、そのあとは前方を見る。ゾフィーの身体のなかからは誇りが輝き出ている。

52　拘置所、房、夜・室内

ゾフィーは冷静な様子で、背中をぴんと伸ばして房へ入る。背後で鍵が閉められる金属音が響く。彼女は、エルゼが不安そうな表情で待っていたことを知る。エルゼにはゾフィーに伝えたいニュースがあるようだ。

ゾフィーは何かをわびるかのようなほほえみを浮かべる。エルゼは尋問はどうだったのかという質問が口に出かかっているにもかかわらず、黙っている。彼女はゾフィーの奇妙な雰囲気を感じとり、とりあえずはニュースを告げるのはやめ、ゾフィーの気をまぎらわせようとする。彼女はゾフィーの肩に腕を回し、机へと導く。そこにはささやかなご馳走がならんでいる。お茶、ビスケット、煙草、バター、パン、チーズ、ソーセージといった

ものだ。

エルゼ　拘置されている仲間からもらったのよ。

ゾフィーは感動しており、嬉しそうな様子である。

エルゼ　見てよ、ソーセージまであるのよ！

ゾフィーは、エルゼが拘置所の環境をすばらしく整えてくれていることをじっくりと確認する。

エルゼ　さあ、手を伸ばして、ゾフィー、食べて！

ゾフィーは食べ物を見た瞬間に食欲がわいてきたにもかかわらず、食べることをためらう。尋問と自白が彼女に深いダメージを与えている。エルゼは手が届きやすいように、食べ物をゾフィーのほうへ押す。

エルゼ　みんなが少しずつ出し合ったのよ。

ゾフィーはまだ、今日経験したことを整理しなければならない。

ゾフィー　モーアから妥協を提案されたの。もし理念を捨てるなら、助けられるって。でも応じなかったわ。

エルゼは仰天する。

エルゼ　いったいどうして？（強い口調で）ゾフィー、あなたはまだ若いわ。あなた自身のために、あなたたちの理想のために、そして家族のためにも生き延びなきゃだめよ。お願いだから提案を受け入れて！

ゾフィー　もうあと戻りはできないわ。

空腹のゾフィーは、嬉しそうに食べ物に手を伸ばす。エルゼは、すでに決定が下されたことを理解する。

ゾフィー　素晴らしいわ、バターつきパンなんて。

エルゼは少し口をあけたまま立ちつくしている。ゾフィーは嬉しそうにパンにかじりつき、薄切りのソーセージに手を伸ばそうとするが、途中でやめる。

ゾフィー　ここにあるものを、兄に渡せないかしら？

エルゼ　もちろんできるわよ。土曜日には、警備員も半分の人数になるしね。

ゾフィーは、手早く食糧を半分ずつにわけながらエルゼに尋ねる。

ゾフィー　何か、書くものはある？
エルゼ　何のために？
ゾフィー　ハンスとヴィリーにメッセージを――危険すぎるかしら？

エルゼはエプロンから鉛筆をとり出し、ゾフィーは二本の煙草に「自由」という言葉を書く。ふたりは目を合わせてほほえむ。

ゾフィー　この二本を内緒で渡すことはできる？
エルゼ　その程度の融通ならきくと思うわ。

ほんのついでにといった調子で、ゾフィーはエルゼに心情を告白する。

ゾフィー　あなたがいてくれて嬉しいわ、エルゼ。

エルゼは、友情のこもった心からのほほえみを浮かべる。ゾフィーは顔を上げて、エルゼが何かをいいにくそうにしていることに気づく。

ゾフィー　どうかしたの？

エルゼ　新しく連れて来られた人がいるのよ。

　ゾフィーは驚く。

ゾフィー　シュモレル？

エルゼ　名前はわからないの。そのうちにわかると思うけど。とにかくその人は、まったく休憩なしで尋問されてるらしい。あなたのお兄さんは、もうこっちに戻ってる。ヴィリーについては時間をかけてやってるみたい。彼の妹のほうは、あっちの集合房で、外国人の女の人たちといっしょにいる。これは悪い徴候じゃないわ。

とつぜん、ミュンヒェン市内に空襲警報が出される。★23
サイレンが鳴り響く。ゾフィーとエルゼは、驚いて身体をすくめる。房内の電灯が消える。

エルゼ　空襲警報よ！

ゾフィー　私たちも避難するの？

エルゼ　まさか。避難するのは書類だけよ。

鋭いサイレンの音が続く。外では、人々が防空壕に走っている。一台の車が全速力で中庭から出ていく。そのフロントランプからの明かりが、地下室の窓を照らす。建物のなかの廊下部分でも、看守たちが急いで走り回る音が聞こえている。格子戸が音をたてて閉められる。とつぜんサイレンがやむ。短いあいだ、恐ろしい静寂が支配する。まだ暗いままである。ゾフィーとエルゼは、このときはじめて上空に現われた飛行隊のエンジン音を耳にする。偵察機から、いわゆる「クリスマスツリー」が投下される。それは、落下傘をつけられてゆっくりと落とされる発光物質で、爆撃の目標を見えやすくするためのものだ。ゾフィーは、床の上で色とりどりの光の織物が動くのを見ている。まだ爆発音は聞こえない。しかし、エンジン音は危険を感じるほど近づいている。
エルゼは毛布を手にとってなかにくるまり、背中をぴったりと壁につける。

エルゼ　もうすぐはじまるわ。下のほうに来なさい、壁に近いあたりが一番安全だから。

ゾフィーはベッドの上に立ち、地階の窓から外を覗く。カメラは彼女とともに、ヴィッテルスバッハ宮殿の中央棟のシルエットと、星の輝く夜空を背景とする葉の落ちた木をとらえる。空では、敵機を捜す高射砲のサーチライトの光の柱がしきりに動いている。

エンジン音はさらに高まる。対空砲火がはじまったと同時に爆弾が地上で破裂する。観客は、両方の音をただ耳にするだけである。いたるところで爆発が起こる。いまや宮殿の上空は、次第にオレンジ色に染まっていく。

それは、爆弾が落ちた箇所が火事になっているためだ。ゾフィーには、炎そのものは見えない。

エルゼ　あの音を聞いて！　あんなにたくさんの爆弾が落とされたのははじめてだわ。

ゾフィー　この瞬間に、いったい何人の人たちが死に直面しているのかしら。

エルゼ　早くおりてきなさい！

　エルゼは立ち上がってゾフィーに近づき、彼女を引き下ろそうとする。

ゾフィー（うっとりした顔で）そこらじゅうが燃えてるわ……。

エルゼ　爆弾が「褐色の家」のアードルフのところに落ちることを祈るわ。

　騒音は増すばかりである。いまや空はほとんど真っ赤に輝いている。

ゾフィー（自暴自棄のユーモアをこめて）父はいつもベッドのなかで空襲警報を楽しんでたわ。

エルゼ　早くおりてきて！

　ゾフィーは騒音のなかで、ある歌の最後の一節を歌いはじめる。それは彼女が女子青年団にいたころに友人たちとよく歌ったものである。

ゾフィー　君が必要とされる時が来る
　　　　　君は準備を整えなければならない
　　　　　そして煙を上げる炎のなかへ
　　　　　最後の薪として自らを投げこむのだ

ようやくゾフィーはエルゼのあとについて壁のほうへ行く。ふたりは毛布をかぶってうずくまる。

エルゼ　解放の日まで、もう長くはないわ。

エンジンと爆発の音が、さらに高まる。ふたりは耳を押さえている。やがてエンジン音は静まっていく。

53　拘置所、房、昼・屋内
一九四三年二月二十一日、日曜日

一昨日と昨日よりもさらによい天気の、おだやかな早春の一日。時を告げる教会の鐘の音が聞こえる。午後の三時である。鍵があけられる。ゾフィーは顔を上げ、エルゼが入ってきたことを知る。エルゼの表情は、よい知らせがあることを語っている。エルゼは、背後で看守がドアに鍵をかけるまで待つ。

エルゼ　新しく入ったのはシュモレルじゃなくて、（少し間を置いて）プロープストよ。やっぱり大逆罪だって。

ゾフィーは驚いた顔をする。エルゼは、はじめてゾフィーが取り乱すところを見る。ゾフィーはまるでかたつむりのように毛布のなかにくるまり、涙をこらえる。

エルゼ　ごめんなさい……私はかんちがいしてて……。

ゾフィーはもはや涙を止めることができない。

ゾフィー　彼には子供が三人もいるの。末っ子は生まれたばかりで、奥さんは産褥熱で苦しんでいるのよ。

彼女は涙を抑えようとするが、どうにもならない。

エルゼ　彼は、奥さんのところへ行くために休暇許可証をとりに行こうとしたところを逮捕されたらしいわ。
ゾフィー　彼にとっては、家族とチロルの小さな村がすべてだったの。「大逆罪」といわれるようなことはぜんぜんしてないのよ。
エルゼ　でも、あなたのお兄さんが彼の書いたビラをもっていて、それを押収されたんでしょう？

ゾフィー　それはただの草稿で、印刷はしてないし、ばらまいてもいない。あのときハンスが、ビラを上着に入れてさえいなかったら……。

深い絶望感に襲われたゾフィーは、両手で頭をはさむようにして思い切り泣く。エルゼは控え目に、彼女を慰めようと抱きしめる。

エルゼ　まだ何も決定されてはいないわ。尋問は中断されているの。

ゾフィーは、ひどく苦労しながらもふたたび気力をみなぎらせようとしはじめる。

ゾフィー　彼はしょっちゅうハンスといい争っていたわ。だんだん慎重になり、自制するようになって、人をたきつけるようなことはなかった。

エルゼ　それなら、最悪でも懲役刑になるだけよ。

ゾフィーは落ち着きをとり戻し、姿勢を直す。

ゾフィー　もうすぐ奥さんの身体もよくなるだろうし、子供たちもパパに会えるわね。まだこの国にほんのわずかでも正義が残っているなら、彼の身には何も起こってはならないわ。

鍵があけられ、ドアが開く。ゾフィーはゆっくりとドアのほうへ身体を向ける。モーアが入ってくるのが見える。彼は錠剤をなめており、その態度はこれまでよりも硬い。

モーア　こんにちは。

彼は尋問のさいに証拠を入れていた書類鞄をもっている。彼はそこから煙草、しなびたリンゴとチョコレートをとり出して机の上に置き、ゾフィーを驚かせる。エルゼはよそよそしい表情をしている。それは、この訪問が悪い意味をもっていることを感じているからだ。

モーア　差し入れだよ。
ゾフィー　ありがとうございます。

ゾフィーは彼の表情に、これまで見たことのない、繊細といってもよい情動的な動きを見て取る。

モーア　フロイライン・ショル、君はこれから検事のところへ行かねばならん。

ゾフィーがエルゼを見ると、彼女は狼狽している。ゾフィーもまた、危機の訪れを感じとる。ゾフィーは今回はモーアに連れられて房を出る。

54　ヴィッテルスバッハ宮殿、地下通路、昼・屋内

ゾフィーはモーアに付き添われて尋問室へ向かう。静寂のなかに、靴底が床をこする音が響く。彼女は、クリストフ（クリステル）・プロープストと遭遇する。彼は帝国検事ヴァイヤースベルクとの面会を終え、ロッハーに連れられて拘置所に戻るところである。クリステルは、書類を読みながら歩いている。彼はゾフィーを無言で見つめる。なにかしゃべろうと思ったのだが、声が出なかったのである。苦しい状況のなかにあって、彼は絶望的なほほえみを浮かべる。

ロッハー　とっとと歩くんだ。

クリステルは遠ざかっていく。ゾフィーは周囲を見渡し、歩き続けながらモーアのほうへ視線を送る。

55　ヴィッテルスバッハ宮殿、尋問室、昼・室内

ゾフィーは何も置かれていない机の前に立ち、不信感で胸をいっぱいにしてヴァイヤースベルクを見る。検事は五十代なかばで、スーツ姿にネクタイをしめ、ローブはまとっていない。上着の折り返しに党証をつけ、

まなざしには感情というものが見られない。モーアは彼の背後に離れて立ち、左手で胃のあたりを押さえている。記録係は背中を伸ばしていつもの席にいる。

ヴァイヤースベルクはゾフィーに書類を渡す。

ヴァイヤースベルク　これは私が書いた起訴状だ。審理は明日の朝、ここミュンヒェンの民族裁判所第一部でおこなわれる。召喚状はそのなかにある。

ゾフィー　もう明日なのですか？

彼女はモーアと視線を交わす。彼は表情を変えない。

ヴァイヤースベルク　この件は延期はできない。

ゾフィーは起訴状を読みはじめる。

ヴァイヤースベルク　読むことなら房のなかでもできる。（モーアに向かって）連れて行きたまえ！　次はハンス・ショルだ。

モーアは出口に歩き、ゾフィーのためにドアをあけて待つ。ふたりは視線を合わせるが、モーアはすぐにそらす。ゾフィーは背筋を伸ばして歩いていく。外にロッハーが待っているのが見える。

56　ヴィッテルスバッハ宮殿、廊下・入口ホール、昼・屋内

ゾフィーは、ロッハーに連れられて房に戻る。
彼女は覚悟を決めた表情で起訴状を読みながら歩く。横からじろじろと見るロッハーに対し、ゾフィーは弱みを見せない。

ロッハー　俺たちはおまえたちに対しても総力戦で臨んでやるからな。向こう見ずなやつらめ！

ロッハーは前方を見て、硬直した態度で歩く。ゾフィーはさらに書類を読んでいるが、やがて顔を上げる。しかし彼女の瞳は、危機の渦巻きが、いま一度逆の向きに変わったことを示している。クリストフ・プロープストと同様に、彼女は起訴状に書かれている内容と闘うことが困難なのである。

57　拘置所、房、昼・室内

ゾフィーは房に入る。背後で鍵がかけられる。太陽が落ち、房のなかにはかすかな夕方の明かりがさしこんでいるのみだ。電灯はまだつけられていない。

エルゼは不安げに、そして顔色をうかがうようにゾフィーを見る。ゾフィーはわき目もふらず、数枚からなる書類を最後まで読む。ゾフィーの両手が震えはじめる。書類を渡されたエルゼは、驚いた表情でそれに目を通す。

エルゼ　何てことなの！　ありえないわ！

ゾフィーは窓に歩み寄って外を見る。彼女の位置からは、沈む太陽の最後の輝きを見ることができ、その光がかすかに彼女の顔を明るくする。

エルゼ　大逆罪、国防軍攪乱、敵方幇助。しかももう明日には公判だなんて。
ゾフィー　クリステルに会ったわ。彼も起訴されたのよ。

このときゾフィーには、自らの運命の全貌が明らかになる。

ゾフィー　こんなにすばらしい、よく晴れた日なのに、私はもうこの世界にいられないのね！

彼女は涙をこらえようとするが、とめることは難しい。

ゾフィー　かわいそうなママ。同時にふたりの子供を失うなんて……ヴェルナーもロシアのどこかに送られるわ。

ゾフィーの身体に震えが走るが、彼女は泣き崩れはしない。

ゾフィー　きっと父のほうが私たちをよく理解してくれるわ。

ゾフィーは両手を組み合わせて祈る。彼女はまだ壁ぎわに立っている。

ゾフィー　神様、心の底からお願いします。私はあなたに呼びかけています。あなたのことは何も知りませんが、「あなた」と呼ばせていただいています。私がわかっているのは、あなたのなかにしか私の救いは存在しないということだけです。どうか私を見捨てないでください、わが栄光の父よ！

短い祈りである。小声ではあるが、誰にも聞こえないように語っているわけでもない。信心深いエルゼも両手を組んでいる。

エルゼ　（唇の動きだけで）アーメン。

ゾフィーはエルゼを見る。ようやく彼女は壁から離れるとベッドの端に腰をおろし、両手で頭を支える。

室内の明かりが外側からスイッチを入れられる。鍵ががちゃりと鳴る。ゾフィーはまなざしを上げ、エルゼは本能的にドアから離れる。スーツ姿の見知らぬ男が入ってくる。コートを着て書類鞄を抱え、手には帽子をもっている。襟には党章のバッジが見える。国選弁護人、アウグスト・クラインの登場である。

エルゼ（口ごもるように）静かにしておいてくれないのかしら！

クライン　こんばんは。フロイライン・ショルはどちらですかな？

ゾフィー　私です。

ゾフィーは立ち上がり、男性と向き合う。またしても彼女は、ナチ法曹界の官僚主義の歯車のひとつと直面させられているのだ。

クライン　あなたの国選弁護人のクラインです。起訴状は読みましたか？

ゾフィー　はい。

ゾフィーはふたたび彼女の本来の姿勢と落ち着きをとり戻す。この対話のあいだに彼女のひとみは生き生きと輝きはじめ、絶望から生じた勇気が彼女の態度を毅然としたものにする。

クライン　質問はありますか？

ゾフィー　しかし判決は、決定ずみなんでしょう。

クライン　決めるのは法廷で、私ではありませんよ。
ゾフィー　兄かプロープストには会われましたか？
クライン　お兄さんは、これからです。プロープストは自分で弁護士を立てましたよ。
ゾフィー　ウルムにいる両親や兄姉はどうなるんでしょう？

クラインは答えず、肩をすくめる。

ゾフィー　お願いです、教えてください！

クラインはシステムの手先である国選弁護人であるが、指定された顧客の感情から完全に逃れることはできない。

彼は歯をかみしめていう。

クライン　それは別の場所で決定されますよ。
ゾフィー　（今度は強い口調で）でも、彼らに何が起こるかを知りたいんです。あなたは弁護人なんでしょう！

クラインはとつぜん攻撃的な口調になり、それまでの曖昧な態度に終止符を打つ。

クライン　まるで私が、君の状況に責任があるような口ぶりじゃないか。
ゾフィー（情熱をこめて）家族に何が起こるかを知ることは、私の権利です。そしてあなたは、それを知っているんでしょう。
クライン（ののしるように）ちょっと待て、君は明日もそんな芝居をするつもりなのか？　そもそも私に向かって要求をできる立場だと思っているのか？

ゾフィーは心を決め、強い調子で続ける。

ゾフィー　そうよ。兄にどんな判決がくだっても平気よ……私は、刑が軽くなることなんか望んでない。あなたの目から見れば、私は彼と同罪でしょう。

カメラはエルゼをとらえる。彼女の心は驚愕と感嘆とのあいだで揺れている。

クライン　ほかにいうことはないか？
ゾフィー　ないわ。

ゾフィーの眼前でクラインは完全に自制を失い、どなるようにいう。

クライン　どうやら君も兄も、自分たちは民族の全員に同調しなくてもいいと思っているようだな。だがそれはまちがいだ。明日は特別に、ベルリンから民族裁判所の長官がお見えになる。君や兄の馬鹿げた考えは粉砕されるだろうよ。私には関係ないことだがね！

弁護人の攻撃的な姿勢に怒りを覚えたゾフィーは、無言で彼を見つめる。男はひきつった笑みを浮かべている。

クライン　どんなことになるか、私にはよくわかっている……君は必死で慈悲を請うことだろう！

弁護人はドアのところへ行ってノックする。

クライン　開けろ！

ゾフィーは男を凝視している。彼はいらいらしながらドアがあくのを待っている。看守が来るのは、しばらくたってからのことである。

クライン（冷たい、突き放した口調で）フロイライン・ショル、まだ何かあるかね？

ゾフィー　少なくとも、兄には射殺される権利があることを確言してくれませんか？　少なくとも彼は前線で戦った人間です。その資格は十分にあると思います。

この簡明な質問は、またしても弁護人を当惑させる。彼は答えようとせず、さらにドアをノックする。

クライン　開けてくれ！

ロッハーがドアを開ける。

ロッハー　どうかしましたか？

クライン　いや別に。（ゾフィーに向かって）では明日、法廷で会おう。

弁護人が登場したことに起因する気持ちの混乱が静まるまで、しばらく時間が必要となる。ゾフィーとエルゼは見つめ合う。

エルゼ　なんて卑怯な臆病者なのかしら――あのフライスラーが、明日あなたたちを犯罪者に仕立て上げるのね。（軽蔑の念をこめて）あの男はむかし共産党員だったから、国家への忠誠を示す必要があるのよ。

ゾフィーはこの短時間の言い争いでひどく疲れ果てている。彼女は腰をおろす。

ゾフィー　父からは、おまえたちはどんなにつらくても、正しく自由な人生を送れといわれたわ——あらゆる暴力に反対するようにって。

しばらく両者は黙っている。

ゾフィー　病気で死ぬことだってあるわ。だけど、人生の意味は同じかしら？
エルゼ　ちがうわ！
ゾフィー　私たちの行動によって何千人もの人々を目覚めさせられるなら、私の死も少しは意味があるかしら？

エルゼはいいにくそうに言葉を返す。

エルゼ　でも群衆は臆病なものよ。

ゾフィーはもはや他者の言葉が耳に入らない様子である。

ゾフィー　明日は傍聴人もいるのかしら？
エルゼ　いるでしょうね。人々を怯えさせるために公開裁判になるわ。
ゾフィー　だったら、フライスラーは大勢の人がいる前で、私たちのビラの話をするわけね！　みんなが私たちの考えていることを聞くのよ。数枚のビラのせいで何が起こったかについて知れば、学生のなかにはきっと暴動を起こす者も出てくる。この政府のせいで実に多くの人が命を失っているんだから、政府に対する闘いで倒れる者がいなければならないのよ。

ゾフィーは、これまで秘密にされてきた「白バラ」の抵抗運動が、広く世間に知られることになるかもしれないという想像に夢中になる。

その様子を見ているエルゼは、懐疑的なまなざしを投げかける。彼女はそのことは特に否定せず、この例外的状況における現実的なことがらについて語りはじめる。

エルゼ　裁判のあと、まずあなたは別の場所に移送されるわ。

エルゼは言葉を続けることをためらう。

エルゼ　そして最悪の場合になったとしても、刑の執行まで九十九日は確保される。でも、それまでにアメリカ軍が進攻してくるわよ。おたがいに手紙を書きましょうね！　約束してくれる？

ゾフィー　ええ。

ゾフィーは自己を暗示にかけるかのように一種のスローガンを口にする。

ゾフィー　厳しい精神、やさしい心。兄がいつもそういうの。

ゾフィーは、少しずつ平静をとり戻す。彼女は電灯のほうを見る。この夜は電灯が消されることはない。

58　拘置所、房、夜・室内

カメラは房内の白い光の当たったゾフィーの表情をとらえる。彼女は深い安らかな眠りについている。エルゼはずっと起きている。彼女は寒そうに毛布をまきつけているが、背中を壁につけ、両腕で足を抱くようにしている。眠ることができず、また内心の不安のために、目は見開かれている。

ドアの視察孔が開けられる。誰かがゾフィーの様子をうかがっている。ふたは閉められる。

心臓の鼓動が聞こえそうな静寂が戻ってくる。

観客は、ゾフィーの顔に涙が流れたあとがあることに気づく。まぶたの下で眼球が動いている。彼女はまるで何かを抱いているかのように両腕を胸の前に出している。腕のなかにあるのは軽いものではなさそうだ。ゾフィーの呼吸は少し速くなり、両腕はぐっと身体に近づけられる。そして彼女は身体をぴくりと震わせると、目をさましかける。しかし、腕を毛布の上へすべらせたかと思うと呼吸はふたたび穏やかになり、表情もくつろいだものとなる。最後には、やわらかな救済されたようなほほえみが顔いっぱいに広がる。

59　拘置所、房、昼・室内
一九四七年二月二十二日、月曜日

ゾフィーの目から見た、ぼやけたエルゼの顔。悲しげだがやさしげなほほえみが浮かんでいる。ゾフィーはエルゼの手が母のように髪の毛をなでているのを感じる。ゾフィーは目をさます。

エルゼ　ゾフィー！

ゾフィーの表情はすっきりとしており、穏やかでリラックスしている様子だ。

エルゼ　おはよう、ゾフィー。七時よ。

拘置所では人が動き回り、騒音がゾフィーとエルゼの房のなかにも届く。★24 エルゼは心配そうに、まだ閉まったままのドアのほうを見ている。ゾフィーはぼんやりとしているが、少しずつ手探りで現実へと立ち返る。怯えることも神経質になることもないその様子を、エルゼは好ましく感じる。昨日までと同様に下着姿で寝ていたゾフィーは洗面台のところへ行き、顔にかかった髪をかき上げ、ヘアースタイルを整える。

ゾフィー　よく眠ったわ。

エルゼ　それは大事なことよ。あなたには力が必要だから。
ゾフィー　夢を見たわ。
エルゼ　どんな夢だったか、話して。

洋服を着ながらゾフィーは夢について話す。その表情は、静かで平穏な朝であるかのようになごやかである。ゾフィーは夢を思い出しながらほほえむ。その顔には、救済された安らぎが見てとれる。

ゾフィー　初夏のよく晴れた日曜日だった。まわりは草原、それに森。アルプで干し草をはじめて刈り入れる前みたいに、すべてが緑色をしている。私は丈の長い、白い服を着た子供を抱っこしている。ぴったりと私にくっついていて、身体の一部みたいに感じられた……私はその子を洗礼に連れて行くことになっている。光を浴びた険しい山のずっと上のほうに、美しい礼拝堂が見える。

ゾフィーのまなざしは夢のなかの道を追っていく。

ゾフィー　周りはとても静かだった。鐘は鳴っていないし、鳥の声もない――それなのに、あらゆるものが生き生きとしていた。私は歩きはじめる。いつもきょうだいや友だちと山に登っていたときと同じように。そして子供をしっかりと抱いて、その温もりを感じている。

ゾフィーの口調は真剣味を増していくが、そこには恐怖は感じられない。彼女はほぼ完全に冷静な状態である。

ゾフィー　とつぜん大地が揺れて、足もとに大きな裂け目ができる。私は滑り落ちはじめたわ……私は子供を見る。その子を安全な場所にそっと置いてやるために十分な時間はあった。

ゾフィーの安らぎは輝きを放っている。瞳もきらきらと光っている！

ゾフィー　私は落下しながらも、救済されたと感じ、気が楽になっている。なぜなら、子供は私が置いてあげた場所に安全なままでいるから。

ゾフィーはさらに数秒間、その感情を楽しむ。

ゾフィー　白い服を来た子供は私たちの理念で、その子は生きのびたのよ。

ゾフィーはほほえむ。エルゼも笑みを浮かべようとする。最初はうまくいかないが、やがて笑顔をつくることに成功する。ゾフィーはまだ洋服を着終わっていない。そのとき鍵があけられる。

ロッハーがドアをあける。

ロッハー　ショル、出廷の準備をしろ。
エルゼ（どなる）ドアを閉めなさい、女性が着替えをしているのよ！

ロッハーは唖然としつつドアを閉める。エルゼはゾフィーに近寄る。ゾフィーは急いで手と顔を洗い、タオルで拭く。

エルゼ　ゾフィー、神様があなたを守ってくださいますように！
ゾフィー　あなたもね、エルゼ……どうもありがとう。

ふたりは最後に目を合わせ、ゾフィーは房を出る。
エルゼは身体の向きを変える。カメラは彼女のまなざしを追う。エルゼはベッドの上の起訴状を見る。ゾフィーがそこにうっかり落としてしまったようである。タイプライターで打たれた用紙の裏側に、エルゼはゾフィーが大文字で書いた「自由」という文字を見る。
エルゼは目に涙をためて遠くを眺める。

60　ヴィッテルスバッハ宮殿、拘置所、受付、昼・屋内

ロッハーはゾフィーの身柄を受付で待機していた秘密情報員に預ける。ゾフィーは手錠をかけられており、秘

密情報員は制服姿で帽子をかぶっている。ロッハーは同時に、カウンターの上に準備してあったゾフィーの書類を手渡す。

ロッハー　じゃあ、移送を頼む。

秘密情報員　みんな待ってるさ。

秘密情報員がゾフィーを連れて行く。カメラはロッハーのところにとどまる。彼は軽蔑と冷笑のこもった笑みを浮かべてゾフィーのうしろ姿を見送っている。

61　ヴィッテルスバッハ宮殿、昼・屋外

快晴である。[★25] ゾフィーはふたりのゲシュタポ職員につきそわれて一般車に乗りこむ。車が走りはじめる。ゾフィーはこれ以上ないほど緊張し、集中している。人々を前にしての、彼女の問題をめぐる闘いが開始されるのだ。

62　裁判所、昼・屋外および屋内

建物の前に車がつけられる。ゾフィーは入口の前で待っていた青い制服の警官ふたりに車の外に出され、建物のなかの二一六室へと連れて行かれる。

63　裁判所、二一六室★26、昼・室内

ゾフィーはふたりの青い制服の警官に導かれて法廷入りする。目の前でドアが開けられると、そこには彼女にとってショッキングな光景がある。室内は、はちきれんばかりに人が入っている。男性ばかりで、ほとんどは制服姿だ。特に黒い制服の親衛隊員が多い。戦争による身体障害者も混じっている。全員の視線が彼女に注がれる。緊迫したひそひそ声での会話がゾフィーの耳に入る。彼女が歩みを進めると、室内は静まりかえる。ゾフィーは青ざめ、真剣な表情を浮かべており、すでに覚悟ができているようだ。まだ裁判官の姿はない。

右手の壁ぎわには、すでに兄とクリストフ・プロープストが座っている。それぞれが、筒状の帽子をかぶったふたりの青い制服の警官に挟まれている。

ゾフィーのまなざしはハンスとクリステルを捜す。看守は足早に彼女をふたりのところへ連れて行く。まず国選弁護人ふたりの前を通る。彼らの席は被告席の前だ。アウグスト・クラインがショル兄妹を担当し、クリステルの弁護人はフェルディナント・ザイドルという名前である。クラインはゾフィーをちらりと見たあと、すぐに目をそらす。

席につく前に、ゾフィーは検事ヴァイヤースベルク（深紅のローブに身を包んでいる）に気づく。彼は裁判官席の横に位置しており、隣には男性の記録係がいる。彼女はヴァイヤースベルクと視線を合わせるが、彼も弁護人と同様に目をそらす。

ようやくゾフィーはほかのふたりの被告のほうを向く。ハンスとクリステルも心の準備ができているようだ。ゾフィーは、ハンスも彼女と同じように死刑を予期していることを知っている。クリステル・プロープストはハンスよりもはるかに緊張しており、身体をぴんと伸ばした硬い姿勢で座っている。彼には、まだ命を救われるチャンスがあるかもしれない。

傍聴席には、司法実習生ザムベルガーと、制服のボタン穴に喪章をつけた国防軍中尉の姿がある。両者は二五歳ぐらいだと思われる。★27

ゾフィーの席は、ほかの二被告の横である。ふたりの警官がぴったりと身体をつけるようにして座っている。

ハンス　ゾフィー、元気かい？

ゾフィーは身体を前に倒し、ハンスにほほえみながら間を置かずに問い返す。

ゾフィー　……兄さんは？

制服を着た警護官が会話をさえぎる。

警護官　話すことは禁じられている。話してよいのは質問されたときだけだ。

傍聴席の全員が彼らを凝視している。被告たちは、それを意に介さない。クリステルは不動の姿勢である。ゾフィーは彼の大きな瞳を覗きこむ。

ゾフィー　クリステル……。
ハンス　みんなぼくが悪いんだ。
クリステル（つらそうに）運命なのさ。
ハンス　君は自分のために闘うんだ。

ゾフィーはクリステルの唇に、かすかな絶望的なほほえみが浮かんだことに気づく。

警護官　いい加減に静粛にしろ！

室内が静まりかえる。横の扉があけられる。裁判官たちが現われたのである。
ゾフィーは最初に、深紅のローブに鉤十字に鷲のバッジをつけた、ひどく痩せた男に目をとめる。彼こそがローラント・フライスラーである。のど元には襟飾りがあり、腕には三つの書類（厚みのある通常のファイルではなく、平らな書類入れである）を抱えている。そのあとに、シンプルな黒いローブを着たシュティーアという名の裁判官が続く。彼も書類の束をもっている。そのほかには、親衛隊大将ブライトハウプト、制服に帽子をかぶった突撃隊大将ブンゲ、やはり突撃隊大将の制服を着たバイエルン州長官ケーゲルマイアーがいる——派手な制服を着ているとはいえ、これらの男性たちは――ブライハウプトを除いては――脇役にとどまる。書類などはもっておらず、机の上には鉛筆と紙だけが置かれている。

冷酷なる裁判官が取り巻きとともに姿を現わすやいなや、検事や弁護人も含めてすべての人々が椅子から勢いよく立ち上がる。警護官が、被告たちの脇を抱えて立たせる。

警護官　起立！

裁判官たちは、まずそれぞれの椅子のうしろに立っている。全員が立っている。静寂が廷内を支配する。

フライスラーは、何か問題がないか室内を見渡す。

ゾフィーははじめて裁判官と視線を合わせる。それはあたかも、フライスラーが三人の被告の代表として彼女を選んだかのようである。ゾフィーは両手を固く組み合わせ、裁判官から目をそらさない。

フライスラーがヒトラー式挨拶のために右腕を高く挙げると、傍聴席の人々もそれにならう。ザムベルガーはためらいがちに腕を挙げるが、中尉は力をこめてその動作をする。

フライスラー　ハイル・ヒトラー。

ほかの者たち　ハイル・ヒトラー。

もちろん三被告はこの挨拶を無視する。ゾフィーは、フライスラーがこのことをメモするのを見る。被告が挨拶をしないのは奇異なことではない。フライスラーがちらりと横のブライトハウプトのほうを見ると、ブライトハウプトは軽くうなずく。フライスラーが着席したのち、ほかの全員も腰をおろす。

フライスラーは書類を整理している。廷内は静かである。彼はまなざしを上げ、ゾフィーとほかのふたりの被告を凝視する。

フライスラーはヴァイヤースベルクと視線を合わせる。話しはじめる前に、フライスラーは咳をする。彼が傍聴席に目をやると、全員が前方を見ている。フライスラーは全員の注目を集めている。

フライスラー　ここに、ミュンヒェンのハンス・フリッツ・ショルおよびゾフィア・マクダレーナ・ショル、アルドランスのクリストフ・ヘルマン・プロープストの大逆罪、国防軍攪乱、敵方幇助に関する民族裁判所第一部の審理を開始する。

ゾフィーとハンスとクリステルは、物理的といってもよいような攻撃をこれから加えられることを覚悟する。彼らは集中し、裁判官の横の位置から前方を見ている。

最初[★28]はクリステル・プロープストの番である。フライスラーが彼の名を呼ぶ。

64　裁判所、二一六室、昼・室内

フライスラー　プロープスト、クリストフ。
クリステル　はい。（小声でひとりごとをいう）ぼくが最初なのか？

クリステルが前の席に立たされる。傍聴席の人々が彼をじろじろと見る。ひそひそ話をする声が聞こえる。

フライスラー　（書類を見ながら）一九一九年十一月六日ムルナウ生まれ、父は民間の学者。労働奉仕をしたのちに、軍事訓練を受けたんだな？
クリステル　その通りです。

フライスラーは犠牲者をじっくりと見る。クリステル・プロープストを尋問する彼の口調は、まだかなり穏やかである。

フライスラー　既婚で、子供は三人か？
クリステル　はい、二歳半と一歳半、末の子は生後四週間です。
フライスラー　よりによっておまえのような負け犬が、どうすれば三人の子供を正しいドイツ人として育てあげられるというのだ？
クリステル　私はいい父親ですし……
フライスラー　何だ？

クリステルは横を向いて、自信のなさそうな視線を送る。ゾフィーがほほえんでそれに応える。クリステルには話すことがつらそうである。

クリステル　……「非政治的人間」であって……
フライスラー　（言葉をさえぎって）……そもそも男でもありません、とでもいうのか！

フライスラーは何枚か糊づけされたビラをとり出して、被告のほうにかざす。

フライスラー　これは被告が書いたものだな？
クリステル　そうです。

フライスラーがビラの文章を読み上げるとき、クリステルはハンスのほうに顔を向け、ハンスは彼にうなずいてみせる。クリステルは自分の道を切りひらくために力をふりしぼる。

フライスラー　被告は以下のような文章において総統のことを念頭に置いていたのか、それとも私が誤解しているのかね？（読み上げる）「憎悪と絶滅の意志の使者のために、全ドイツ人が犠牲にされるべきなのだろうか。ユダヤ人を責め殺し、ポーランドの半分を殲滅し、ロシアの絶滅を望む男、国民から平和、自由、家庭の幸福、希望と喜びを奪いとり、その代償としてインフレを与える男のために」

最後の文のあたりで、傍聴席にざわめきが起こる。中尉は激怒した表情で首をふる。

クリステル（力をこめて）それは草稿でしかありません。

フライスラー（傍聴席に向かって）被告は自らを非政治的だと称している！　これが笑わずにいられるか！（クリステルに）職業訓練のために帝国から財政支援を受け、国家の人口政策のおかげで、学生でありながら家庭をもつことができた身であるにもかかわらず、被告はショル兄妹の要求に応じて、スターリングラードの英雄的戦闘を冒瀆し、総統を軍事におけるペテン師と非難し、臆病な悲観論者となって降伏を呼びかけるこのような原稿を書いたのだ――被告はこれを認めるか？

クリステル　はい。しかし、それは単なる草稿だったのです……。

ゾフィーは裁判官が長広舌をふるうあいだに、横の席から傍聴席を観察することができる。中尉は軽蔑をこめた笑みを浮かべている。廷内の大多数の人々はフライスラーの側に立っており、少しざわついたり被告を拒絶するような表情を浮かべたりしている。

フライスラー　ドイツ民族の生存を賭けた戦いのさなかに、「単なる」という言葉は存在しない。

ハンスは何かをゾフィーに告げるために身体を前に傾ける。

ハンス　何という猿芝居だ！

フライスラー　そしてほかの六枚の怪文書や、殴り書きされた内容とは無関係だというんだな？

クリステルはハンスに二度目の、自信なさげで何かを訴えかけるようなまなざしを向ける。両者が視線を合わせていることをフライスラーは見逃さず、大声をあげる。

フライスラー　ここで私がしゃべっているのが聞こえているのか？

クリステルは再びフライスラーを見る。

クリステル　私はそういったものとは無関係です。（声をしぼり出すように）……書いた原稿が印刷されたことは一度もありません。私はただ論評したかったのです、そもそも人が……

フライスラー　論評だと……そんな言葉を使うのかね。ならば、すべてが明白だ。論評すべきことなど何もありはしない！（傍聴席に向かって）このごろつきは、すべてルーズヴェルトの演説を参考にしてビラの文章を書いている！（傍聴席でざわめきが広がる）それから、イギリスの放送を聞いて知識を仕入れるのだろう！（クリステルに）被告はそれを認めるか？

クリステル　はい、長官。（間を置いて、自分と闘うように）しかし私は申し上げたいのです、私が文章を書いたときは……「精神抑鬱症」だったので……

フライスラー（冷笑的に言葉をさえぎって）なんだと？（大声をはり上げて）執筆のさいに「精神抑鬱症」だったことに、すべての罪を着せるのか？

クリステル　……原稿を書いたとき、「精神抑鬱症」に苦しんでいました……戦争や妻の産褥熱のせいで……妻の病気はいまでもまだ……

フライスラー　もうやめろ、そんなことは悪質な反逆の口実にならん。

クリステルはあきらめない。彼は自分を救うためにあらゆることを持ち出そうとする。そのさいに、クリステルは被告席のゾフィーとハンスと三度目に視線を合わせる。その表情には良心の呵責が見てとれる。ハンスが彼自身を指さす動作をしてみせると、クリステルは深呼吸する。

クリステル　私は昨日、自分がいっさい無関係であるという書類を出しています。そのほか、私は断じて財政的支援をしたり、物質を調達したり、ビラの作成や配布をしたりすることによってこのような企てに加担したことはないと、強く申し上げたいと思います。この件については、私の関与を示す証拠はいっさい存在しておりません……。

フライスラー　私はその書類を読んだし、被告がすべてを美化しようとしていることも知っているさ。

クリステル（絶望して）ビラなんて、言葉が書いてあるだけじゃないですか！

フライスラー（冷酷な口調で）言葉があるだけだと？　歴史上のあらゆる裏切り者もまた、言葉だけを使ってきたのではないか。
クリステル（抵抗するように）しかし、誰もビラなんて読んでいません。たったひとつの原稿で……私の精神的状態は……
フライスラー（冷たく静かに）被告が保身をはかるために精神的愚者だと自称したことは、ここにいる全員が聞いたぞ。
クリステル　長官、子供たちには父親が必要です。

ハンスはうなずく。傍聴席にいるザムスベルガーもうなずいている。

フライスラー　ドイツの子供たちにはおまえのような最低の見本は不要だ。お前は父親に値しない人間だ、プローブスト。

ゾフィーは廷内に、距離を置いたような態度の者（ザムベルガーがその代表である）が何人かいることを見逃さない。フライスラーは批判的な空気を封じるために何かをしなければならない。それゆえに、彼は傍聴席に向かってひとつの譲歩をする。この映画の観客は、そのことによって、まだクリステルには生きのびられるチャンスがあると感じるかもしれない。

フライスラー　（傍聴席に向かって）少なくともこの男は、自白すらできないほどの臆病者というわけではないがね。

クリステルはフライスラーを見つめている。精神的に動揺しているわけではないが、クリステルはふるえる指で椅子の背もたれをつかみ、歯をかみしめている。フライスラーは犠牲者から視線をそらし、ブライトハウプトと目を合わせる。ブライトハウプトは軽くうなずく。これにより、フライスラーのクリステルへの尋問は終わる。長官にとって被告はもはや何の意味ももたない。フライスラーは弁護人席のほうを向く。

フライスラー　弁護人、質問はあるかね？
ザイドル　ありません、長官。
フライスラー　（クリステルに向かって）席へ戻れ。（被告人席に）ショル、ハンス。

クリステルが席に戻るあいだに、青い制服の警官がハンスを前方へ引っ張っていく。傍聴席では、何人かがひそひそ話をしている。通路が狭いために、ハンスとクリステルはすれちがったさいに身体を押し合うようになり、両者は目を合わせる。ゾフィーはクリステルが着席する様子を見守る。彼女自身もかなり神経質になっているが、彼を元気づけるようにほほえみかける。クリステルは肩をすくめてみせながらほほえみを返し、それから頭を上げる。「白バラ」の理念とは距離を置いていた彼は、フライスラーから冷たい言葉を聞かされたあとでもまだ完全にあきらめたわけではなかった。フライスラーは、ひとくち水を飲む。

ハンスが裁判官の前に立つ。軍人のように、よい姿勢である。フライスラーは最初は静かな口調で話すが、次第にクリステルの場合よりも明らかに激しい興奮状態へと陥る。傍聴席は静かで、全員が前方を見ている。

フライスラー　被告は、一九三九年の春からミュンヒェンで学んでいるのだな？
ハンス　そうです。
フライスラー　そしていまでは――政府の好意に甘えて――八学期目を迎えているわけか。
ハンス　八学期目であるという点は、おっしゃる通りです。
フライスラー　そうかね？　八学期？　――帝国がこのすべての費用を出しているのだ！　寄生虫がもう一匹か――これまでに被告は、フランスの野戦病院で勤務し、一九四二年七月から九月までは東部前線で衛生兵として勤務したのだな？
ハンス　それもおっしゃる通りです。しかし私が申したいのは……
フライスラー　私が質問する前に発言してはならん！
ハンス（ひるむことなく）私は、自分が寄生虫だったわけではないと申したいのです……
フライスラー　黙れ、さもないと退廷させるぞ。
ハンス　私は寄生虫として大学で学んでいるわけではありません。大学での学習は、学生部隊の兵士としての義務です。

ゾフィーは、いまやフライスラーが憎悪に満ちた演説をはじめようとしていることを見てとる。

フライスラー　ああそうかね、それでは義務について話そうじゃないか！　学生として、被告には模範的な共同作業をおこなう義務がある。しかも帝国からまさにいま恩恵を受けているにもかかわらず、被告は一九四二年夏の前半に（声が大きくなる）敗北主義的にドイツの敗北を予言する「白バラ」の四種類のビラをまいた。（さらに大きな声で）その内容は、「全員一致しての消極的抵抗」、軍需工場でのサボタージュを奨励し、あらゆるドイツ国民に現在の生活様式と政府と決別することを要求するものだ。

フライスラーがビラの内容を口にすると、傍聴席では怒りのこめられたざわめきが起こる。それを代表して中尉が叫ぶ。

中尉　言語同断だ！

ほかの者たち　何様のつもりだ？　厚かましいやつだ。

フライスラーは廷内の人々の同意を得ていることを確認し、感情を殺した口調で続ける。

フライスラー　ショル、認めるか？
ハンス（悪びれることなく）はい。
フライスラー　証拠も十分にある。（書類をめくりながら）謄写印刷用原紙、タイプライター、切手、それにピストルまでも。さらに被告は、卑劣にも妹を巻きこんだのだな？

傍聴席は騒がしくなる。

ゾフィー　それは私自身の決断です。

ゾフィーはいっそう傍聴席のざわめきが大きくなっていることに気づく。多くの視線が彼女に注がれている。ザムベルガーと中尉も、何かを問いたげなまなざしを送っている。ゾフィーはまだ被告席に座っているにもかかわらず、当事者となったのである。

フライスラー　被告よ、私は君に質問したかね？
ゾフィー　この点だけは、はっきりさせなければなりません。
フライスラー　勝手に言葉をさしはさむな！

ゾフィーの警護官が腕をつかむ。フライスラーはひとくち水を飲み、傍聴席をながめ（彼は人々の賛同を受けることを確信しているように見える）、ふたたびハンスのほうを向く。

フライスラー　一九四二年十一月に、被告は友人である共同被告人のプロープストに、ドイツ民族は目を開くべきだという内容の原稿を書くように要求した！　彼は十二月の末にビラの原稿を書き上げた。この通りか？

ハンス　いいえ、彼は何も書いていません、私に異議を唱えました。

フライスラーは、嘲笑を浮かべてパズルのように貼り合わされたビラを高くかかげる。

フライスラー　なぜ異議を唱えたんだ？　この怪文書はプロープストが書いたものではないか。

ハンス　私ひとりが、彼にこんな文章を書けと命じたのです。

フライスラー　では被告は、犯罪者集団の勢力を拡大するために、計画的に他の者たちを引き入れたのか？

ハンス（軍人のような口調で）私以外には責任のある者などおりません。

フライスラーはふたたび興奮する。

フライスラー　おまえたちは全員が、無節操なならず者なのだ。ではおまえたち、つまり兄と妹が、六枚のビラと、ここにある最後の文章を書いたというのが正しいというのか……

ハンス　私だけです、妹はちがいます。
フライスラー（軽蔑したように）何をいっている！
フライスラーは水を飲み、そのあとでふたたびビラに目をやる。彼が内容を読むと、傍聴席ではざわめきが広がる。
フライスラー　被告は党に挑戦状をつきつけ、党の残忍性を主張し、決着をつけるべき日が到来したと書いている！　この不愉快な代物を、被告はシュモレルたちとばらまいたわけだな。
ハンス　それは誤っています。
ハンスは冷静さを保っている。ゾフィーは決意を決めた固い表情で尋問を聞いている。クリステルは何かを考えこんでいる。
フライスラー　いい加減にしろ！　シュモレルはおまえといっしょにこの街の壁にも落書きをした――そして卑怯にも逃走した。それだけで、十分な罪の告白だろう！
ハンス　長官、もしも自由に話させてくださるのなら、私は堂々と嫌疑を晴らしますが。
フライスラー　怪文書に書いてあるように、いかなる脅迫手段にも驚くことがないのなら、おまえはそこで口をぽかんとあけていればよい。そんな姿を見てみたいものだ！　おまえは、ドイツ民族は総統を裏切らなければ戦争を乗り切れないと思いこんだからこそ、ああいったビラを書いたのか？

ハンスはよい表現をするために考えている。

ハンス　戦争がもはや……

フライスラーはその言葉をさえぎってどなる。

フライスラー「はい」か「いいえ」で答えろ、難しいことではあるまい！

ハンス　私たちには、アメリカとイギリスとロシアに勝つチャンスはありません。地図を見るだけでわかることです！　ヒトラーがドイツ民族を破滅へと導いてることは、数学的にも確実です。ヒトラーは戦争に勝利することはできない、ただ敗戦を引き延ばしているだけだ！

フライスラー　おまえは、ドイツ民族の戦闘意志と耐久力について完全に誤った考えを抱いている！　おまえのテロリスト的な敵方幇助によって、さらに多くのドイツ兵士が命を落とすことだろう。

ハンス（懇願するように）戦争を早く終わらせる者だけが……

フライスラー　戦争を終える？　ではおまえは、自分に戦争か平和かを決定する権利があるとでも思っているのか？　ドイツ民族は総力戦を望んでいるのだ。

ハンス　ドイツ民族は血を流している。望んでいるのは平和だ。ヒトラーと協力者たちには、ヨーロッパに荒れ狂った虐殺劇に対する責任がある。ここにいる全員が……

廷内は静まりかえる。ザムベルガーは恥じている様子で視線を床に落とす。

フライスラー　そうか、おまえはそこまで思い上がっているのか！　おまえのような恥知らずのならず者が、あつかましくも法廷で総統を侮辱するのか？

ゾフィーは、ハンスが興奮と集中のために気を失いそうなほど真っ青になっていることに気づく。彼は前の椅子の背もたれに手を伸ばし、身体全体を震わせる。頭を前にたれ、目をつぶっているが、姿勢をくずすことはなく、次の答えをしっかりとした、しかしそれまでよりも小さな声で口にする。傍聴席は静まりかえる。それは、誰もハンスの言葉を聞き逃したくないからだ。

ハンス　ここにいる全員が、ヨーロッパを支配するという夢や究極の勝利といったものが、すでにずっと以前に挫折したことを知っている。毎晩のように連合国軍がドイツの諸都市に自由に爆撃をおこなうことができ、われらが空軍が屈服しているいま、誰がそんな妄想を抱くことができるだろうか？

ハンスの声は力強さをとり戻す。

フライスラー　国防軍はロシア人を絶体絶命の状況に追いこんでいる。
ハンス（苦々しい口調で）たとえばスターリングラードで？

ゾフィーは傍聴人のなかに、いまや真剣に考えこんでいる様子の表情を見出す。そればかりか何人かは、この場所で堂々と真実をいえる人間がいることに驚嘆しているようだ。中尉はザムベルガーを横から吟味するように見ている。それは、隣の人物が感じていることを究明しようとしているかのようだ。

フライスラー　おまえやおまえの一味こそが、ドイツがこれほど困難な闘いをしていることに責任がある。国内における支援が百パーセントではなくなっているからだ。祖国を防衛するためにドイツ兵が流した血がどれほど高くつくものであるかは、誰もが知っている。

ハンスは、フライスラーに重要な一撃をくらわす準備を整える。

ハンス　私は（なかば傍聴席に向かって）ここにいるみなさんの多くと同じように、東部戦線に行っていました。だが、あなたはそうではない。

とつぜん廷内を驚くべき静寂が満たす。ひとりの傍聴人がこっそりと咳をする。ハンスが言葉を続ける前に、ゾフィーはフライスラーが動揺した様子であることを見てとる。フライスラーは視界の隅のほうにブライトハウプトのまなざしを感じる。少しのあいだ、彼は言葉を発することができない。ハンスはそれを見のがさず、言葉を続ける。

ハンス　ポーランドやロシアで、私はこの目でおびただしい流血を見ざるをえませんでした。ドイツ兵が女性や子供を射殺するところを、見なければなりませんでした。（声を低くして）われらの兵士たちが凍え、空腹に苦しむさまを見なければならなかったのです。

フライスラー　女性や子供が射殺されただと？　おまえは、そんなことを信じる国民がひとりでもいると思うほど愚かなのか？

ハンス　ヒトラーやあなたが私の意見を恐れていなければ、私たちはここに立っていないはずだ。

フライスラー　とにかく黙るのだ……いずれにせよそれは……恥知らずなごろつきめが……おまえは愚か者であり、卑しい裏切り者でしかない。尋問は終了する。

廷内は氷のような沈黙に支配されている。信じがたいほどの激しい論争が展開されるのを目の当たりにして、首をふるような者はいない。だがゾフィーは、人々が心のなかで嫌悪感を抱いていることを見のがさない。それは、彼らの身体の動きに表現されている。ザムベルガーは両腕と両足を組んでいる。中尉は特に大きな動作はしていないが、視線を上下に動かしている。あるいは、勲章（鉄十字勲章二級）をいじくり回している。フライスラーはショックを受け、水を飲んでいる。いまや芝居じみた激怒の発作を爆発させてはいないが、怒っていることには変わりがない。

フライスラーによる尋問は終わった。彼は関係者のほうを向く。

フライスラー　ほかに質問は？

ハンスは何かを要求するような様子ではないが、自信を抱いて周囲を見渡し、ヴァイヤースベルクや国選弁護人にまなざしを送る。ゾフィーは兄を誇りに感じながら、緊張状態にある。いっぽうクリステルは、張りつめた気持ちのまま身体を硬直させている。まだ自分の命が終わりになるかどうかがわからない彼は、希望を捨てていないのだ。検事や弁護人はフライスラーの質問にきびきびと答える。

ヴァイヤースベルク　ありません。
クライン　ありません、長官。
フライスラー　ショル、ハンス、席へ戻れ――さて、では三人目の犯罪者にとりかかるとしよう。

廷内に小さなざわめきが起こっている。それは、ここでの尋問の進行の様子について傍聴者が小声で議論しているためだ。フライスラーは手にした鉛筆で二度強く机を叩く。ただちに場内は静まる。全員の目が従順に前方へと向けられる。ハンスは席に戻るさいに妹と目を合わせ、勇気づけようと試みる。ハンスは十分に勇敢に戦った。ゾフィーは冷酷な長官に対抗するために力を必要としている。両者は途中ですれちがう。

ハンス　あらゆる……！

ゾフィーはうなずく。

66　裁判所、二一六室、昼・室内

いまや廷内の全員の注目がゾフィー・ショルに集まる。すべてのまなざしが彼女に注がれている。傍聴席はゾフィーの背後にあるため、彼らと目を合わせるためには彼女は身体を半分回さなければならない。ゾフィーは、フライスラーが彼女が――少なくとも女性として――精神的に動揺するのを待っていることを感じる。しかしじっさいにはそうならないため、フライスラーは尋問のあいだにひどい興奮状態に陥ることになる。

フライスラー　ゾフィア・マクダレーナ・ショル、一九二一年五月九日生まれかね？

ゾフィー　そうです。

フライスラーは犠牲者をじろじろと見る。最初の攻撃が加えられる。

フライスラー　大学構内で国家に反逆する内容のビラを配ったことを、恥じてはいないのか？

ゾフィー　はい、恥じてはいません。

フライスラー　おお、なんと被告は恥じていないそうだ！

フライスラーはなにかを投げる動作をする。

フライスラー　光庭へと投げた……ただそれだけか？
ゾフィー　それだけではありません。それは最後に残ったビラをまくためでした、なぜなら私たちは……
フライスラー　大きな声で話したまえ。よく聞こえないぞ。

ゾフィーは咳ばらいをし、大きな声で繰り返す。

ゾフィー　私は最後に残ったビラをまきたかったのです。それは私たちの理念を……

フライスラーは激怒し、書類のなかからビラを捜す。

フライスラー　理念？　こんなクズを理念と呼ぶのか！　愚か者なら区別がつかないかもしれないが、ドイツの学生には分別があるぞ。
ゾフィー　私たちは言葉で闘っているのです。
フライスラー　こんな中傷によってか？（読み上げる）「最悪に非人間的で偏狭な総統の選択が、騎士団の城における将来の党幹部を、罪深く恥知らずで破廉恥な略奪者、殺人者、盲目で愚かな従者へとなす」（しばらく文章を飛ばし、ふたたび読みはじめる）「……しろうとが……国家の最高の財産を豚どもの前へと投げ出す」（高笑いする）「豚の前へ投げる」だと？　おまえたちはこんな言葉を、学生諸君に理解してもらいたいと思っているのか？　われらのエリートに？

傍聴人たちはいまやじっと身体を動かさず、ひそひそ話をしたり野次を飛ばしたりすることもなく、「大逆罪の」文言を聞いている。そのせいでフライスラーはいらだつ。少し遅れて、傍聴席から声が飛ぶ。

叫び声　こんなことを我慢しなければならないのか？

それは、フライスラーを力づけるためというよりは、懐疑的で拒絶的な雰囲気のうちに発せられた言葉である。目を細めているフライスラーのまなざしは、傍聴席をさまよっている。彼は自分を支持する声が発せられるのを待っているのだろうか？　傍聴席は静まりかえる。

ゾフィー　おっしゃる通りです。

フライスラーはあらたに演説をはじめる。

フライスラー （興奮して） おまえには道徳と礼儀はひとかけらもないのか？ ドイツ民族の導き手であるアードルフ・ヒトラーは、哀れなワイマール共和国の金権政治的犯罪者が駆逐されたあとで、自由と名誉という言葉にふたたび重要な意義を付与した。しかしおまえにはそれが理解できない。おまえにできるのは卑劣な煽動行為だけだ。

ゾフィー 煽動などしてはいません、状況を言葉で表わしているだけです。

フライスラー じっさいに「諸君はナチという下等人種と決別しなければならない！」と書いているではないか。自分自身をよく見てみろ、おまえこそが下等人種ではないか！――そもそも怪文書の用紙はどうやって調達したのだ？

ゾフィー 購入したり、大学で手に入れたりしました。

フライスラー そうか、大学で手に入れたのか？ 国民の財産に対する卑劣な窃盗行為だ！ よりによって不足している紙を盗むとは！ これこそ反逆罪そのものだ――ところでゾフィア・ショル、おまえの婚約者は国防軍士官としてスターリングラードで戦い、負傷し、仲間の勇敢な兵士の世話を受けて戦線を離脱した。彼にこのことは話してあるのか？

ゾフィー いいえ、彼とはもう長いあいだ会っていません。

フライスラー そして卑劣漢であるおまえは、祖国に身を置きながら彼を裏切ったというわけか！

ふたたび廷内にざわめきが広がる。ゾフィーは半分身体を回して背後に視線を送ったあと、覚悟を決めて語りはじめる。

ゾフィー　兄と私は、ビラによって人々の目を開かせ、連合国軍によって終止符が打たれる前に、他国の人々とユダヤ人に対する残虐な殺戮行為を少しでも早くやめさせようとしたのです――私たちドイツ人が、永遠に全世界から憎悪され、排斥される民族となってもいいのですか？

フライスラー　そんなことは支配民族には無関係だ。

ゾフィー　支配民族はほんらいなら平和を望むのであり、人間の尊厳が尊敬を生むのです。支配民族は神を、良心を、共感を望むものです。

フライスラーは言葉を失う。傍聴席の人々は彼がカウンターパンチを放つのを待つが、フライスラーはゾフィーの言葉を繰り返すのみである。

フライスラー　神、良心、共感？　……何がいいたいのだ？

フライスラーは、ブライトハウプトが何かを紙に書きはじめるのを目にする。フライスラーは意識を集中し、どなり声で言葉を続ける。

フライスラー　総力戦によってドイツは勝利を得るのだ！　鋼鉄の嵐によって浄化され、偉大な国家として立ち現われる……。

ゾフィー　数百万人の戦死者……ユダヤ人虐殺、精神を病んだ人たちの殺戮、この上なく残忍でいかなる節度をも超えた犯罪行為がおこなわれました……

フライスラー　民族の浄化は自明であり、徹底的におこなわれるべきものだ。

ゾフィーは声を高め、傍聴席のほうに半身を向ける。

ゾフィー　この部屋のなかにいる方々全員が、戦争で血縁者や友人を失っています。民族の浄化が不可欠だなどと思っている人は誰もいない。すべての人が喪に服している状態なのです。

感情がこめられているだけでなく、まさに真実そのものであるゾフィーの言葉は、傍聴席の人々の心に訴える。
カメラは、中尉がつけている喪章をとらえる。
フライスラーは、驚くほど小さな、落ち着いた声で語る。

フライスラー　喪に服している……しかし、その心は誇りで満ちている——おまえのような人間には、それがわかるまい。(間をおいて) そもそも、何を考えながらあんなことをやっていたんだ?

ゾフィー　とにかく誰かが何かをはじめなければならない。それが唯一の可能性なのですから。

フライスラーはこの言葉を聞くと身体をぴくりと動かし、皮肉な笑みを浮かべる。ハンスははじめて小さくほほえむ。そこには勇敢に戦っている妹への誇りが感じられる。ゾフィーはフライスラーにさらに言葉をつきつける。

ゾフィー　私たちが語ったり書いたりしたのは、多くの人が考えていることです。ただ彼らはそれを口にしないだけです。

傍聴席は沈黙し、動きをとめている。前を向いている者はほとんどいない。それはあたかも、彼らが「共犯者」になってしまうことを恐れて沈黙しているかのようだ。ブライトハウプトがフライスラーに紙切れを渡し、フライスラーは書かれた文字を読む。そこには「これ以上我慢できない」と書かれている。

不安と動揺を覚えていたフライスラーは、被告をコントロールできないことにいらだってささやくようにいう。

フライスラー　もうそろそろ黙りたまえ。

ゾフィーはふりかえって傍聴席を見る。ひとりかふたり、目を伏せる者がいる。ザムベルガーは片手を口に当ててゾフィーを見る。彼女もその視線を受けとめる。中尉は困惑して耳をさわりながら、退出すべきかどうかを考えているかのようにドアのほうを見ている。しかし、この裁判のあいだに出ていく者はいない。フライスラーは弁護人のほうを向く。

フライスラー　何か質問は?

この場合は、答えがないことがひとつの答えである。裁判官は視線を落とす。クラインは首をふる。

フライスラー　証拠調べは終了する。

ゾフィーは警護官に連れられて席へ戻る。このとき、ひそひそ話をしている者はいない。被告席につくさいに、彼女は兄とクリステルを見る。ハンスは、いまやゾフィーも助かるチャンスを捨て去ったことを痛感している。苦いほほえみには、勇敢な闘士を誇らしく思う気持ちと、死が確実であることの悲しみがまじっている。クリステルは、ゾフィーの発言の終盤の部分を聞いて狼狽している。

フライスラー　では求刑に移る。

67　裁判所、二一六室、昼・屋内

求刑のあいだじゅう、傍聴席内は動きがなく、静まりかえっている。ゾフィーはフライスラーを見る。彼は検事に向かって大げさにいう。

フライスラー　ヴァイヤースベルク検事、求刑をお願いします。

フライスラーがさんざん乱暴にふるまったあとなので、検事の言葉は穏やかで事務的なものに聞こえる。

ヴァイヤースベルク　長官、証拠調べにおいて明らかにされた行為は死刑に値するものです。戦いのさなかにある国民と帝国を保護するための法に照らせば、この刑しかありえません。帝国法曹界は、これによりわれらが兵士と同一歩調で歩もうとするものであります。

フライスラー　弁護人は何かありますか？

ゾフィーは弁護人と目を合わせようとするが、成功しない。彼女の国選弁護人は裁判官席のほうを向いており、何とかして被告のために働こうとする様子はうかがえない。

クライン　長官、私はなぜ人間にこのようなことができるのか、まったく理解できません。私は被告ハンス・ショルには適正な刑を求めます。被告ゾフィー・ショルには、やや穏やかな刑を望みます。彼女はまだ若い娘ですから。

クラインは腰をおろす。次にプロープストの「代理人」である弁護士、フェルディナント・ザイドルが立ち上がる。

ザイドル　長官、私は被告プロープストに同様にやや穏やかな刑を望みます、彼は精神的に混乱しておりますので。

彼は着席する。

フライスラー　さて、では被告人の最終弁舌に入る。（書類に目を落として）ハンス・ショル！

ゾフィーは兄を見つめる。そのときとつぜん、被告席に近いドアのところで突発的事故が起こる。すべての目が注がれる。

68　裁判所、二一六室、昼・室内

ゾフィーは父のローベルト・ショルが室内に入ろうとしているのを見る。母マクダレーナ・ショル[★29]、それに国防軍の制服を着た若い兵士（ヴェルナー・ショル）がそれに続く。傍聴席は落ち着かない雰囲気となり、ひそひそ声の会話が交わされる。フライスラーは無表情で書類から視線を上げ、首をのばす。

ローベルト・ショル　私は父親です。
フライスラー　静粛に！
　ドアのところでは、ひとりの警察官と彼らがもみ合っている。傍聴人も何人か立ち上がり、両親を外に出すのに協力しようとする。中尉はそれには加わらない。ザムベルガーはほかの傍聴人の上腕に触れて話しかける。
ザムベルガー　入れてやればいいんだ。親なんだから。
フライスラー（大声で）彼らを部屋の外に出せ。
　ハンスとゾフィーは立ち上がっている。クリステルは座ったままだ。兄妹は警護官に押さえられ、着席させられる。ゾフィーは母と目を合わせる。ゾフィーの胸は不安でいっぱいである。ハンスとクリステルは顔を見合わせる。ローベルト・ショルは室内にとどまり、まず国選弁護人のほうを向く。
ローベルト・ショル　私の子供たちの弁護士さんですね？　どうか長官のところへ行って、私が子供たちの弁護を望んでいるとおっしゃってくださいませんか。
　ゾフィーは、弁護人が怒った表情で父を見ているのを目にする。父はもう一度、必死の身振りで自分が何をしたいかをアピールする。ゾフィーがハンスを見ると、彼も心配そうな表情である。

廷内は騒々しいままだ。

フライスラー　静粛に！

クラインは立ち上がり、裁判官席の前へ行ってフライスラーに小声でいう。

クライン　長官、依頼人の父親が発言を求めております。

フライスラーは、ローベルト・ショルではなく被告席のほうを見る。フライスラーは大げさに身体を動かして叫ぶ。

フライスラー　あの者どもを法廷から排除しろ。早く。静粛に。

ゾフィーは、制服の男たちだけでなく、傍聴者もいっそう熱心に父親をとり押さえ、妻とともに室外に押し出そうとするのを見る。しかし、父親は身体をはって絶望的な努力を続けている。★30

ローベルト・ショル（叫ぶ）私はふたりの被告の父親、ローベルト・ショルです。子供たちの弁護を……

フライスラー　許可はしていない。排除しろ！

ゾフィーは母親と目を合わせる。マクダレーナ・ショルは脱力状態に陥っている。傍聴席の一部は立ち上がり、この騒ぎを注視している。

ローベルト・ショル　うちの子供は、無邪気な理想主義者などではありません。一度も人を傷つけたりしたことがない、人生の経験も浅い若者なのです。

フライスラーは愛想なく手をふってそれに応える。

フライスラー　黙れ！　許可はされておらん。

ヴェルナーが母を支えようとする。ゾフィーの母は姿勢を立て直す。

ローベルト・ショル　うちの子供は、あちこちで義務をはたしてきました。娘は労働奉仕をしましたし、息子は兵役義務で前線に行っていました……どちらでも最高の評価を受けています！　どうか息子に、東部前線に志願するチャンスを与えてください、ここにいる弟は（ヴェルナーを指さして）いま戻ってきていますが……

フライスラー　早く外に出せ！

ゾフィーは警官に身体をつかまれた父がもがいているのを見る。母は必死で父を助けようとしている。ローベルト・ショルはもはやチャンスがないことを認識し、後退する。

ローベルト・ショル　この世には別の正義が存在しているぞ！

ローベルト・ショルはついに屈服し、ドアの外へ出される。母と弟も警護官に押されてそれに続く。ドアが閉められる。

フライスラー　静粛に！

ゾフィーは、必死になっていた両親がフライスラーに退去させられたことによって、傍聴席に嫌悪感が生まれているのを感じる。ささやかな（といってもフライスラーの目から見れば危険な）ざわつきが広がる。ブライトハウプトがフライスラーのほうに身体を傾けて何かを耳打ちし、両者は傍聴席のほうを向く。

69　裁判所、二一六室、昼・室内

依然として室内にはざわめきが残っている。それは言葉のささやきというよりは、人々が身体を動かしていることによるノイズ、何人かが退出したがっているかのように足が床を擦る音のようである。全員が前方を見ているわけではない。

フライスラー（不適切なほどの大声で）もう一度いうぞ。静粛に！

フライスラーは机の上を叩き、室内が静まるのを待つ。さらに傍聴席を見つめ、それによって人々を服従させようとする。ようやく、墓場のような静けさが訪れる。

フライスラー　いまから最終弁論に入る。被告人、起立！

警護官がゾフィーと両男性を上へと引っ張る。ゾフィーは立ち上がる。最終弁論は被告席からおこなわれる。

フライスラー　プロープスト？

クリステルは心を落ち着ける。彼は穏やかに語る。裁判官に頼むような口調ではあるが、必死で懇願するという感じではない。

クリステル　子供たちのために、寛大な判決をお願いいたします。私は全面的に自白しています。

フライスラーは無表情のままである。廷内は静まりかえっている。フライスラーは人差し指を動かしてクリステルに着席を命じる。彼は次にハンスを指さす。

フライスラー　ショル、いうことはあるか？

ハンスは自分には失うものがないことを知っている。彼は軍人のようにまっすぐな姿勢をとっており、フライスラーから視線をはずして判事たちを見たあと、ふたたびフライスラーを見る。

ハンス　長官、私を罰してプロープストを救ってくださるよう、お願いいたします。

フライスラーはハンスがしゃべり終えないうちに言葉を返す。

フライスラー　自分自身について申し立てすることがないなら、黙っていろ！

ゾフィーはハンスがフライスラーをにらみつけているのを見る。

フライスラー　ゾフィア・ショル？

全員がゾフィーにまなざしを投げかける。傍聴席は静かである。彼女はフライスラーを見つめる。彼はまったく表情を動かさない。ゾフィーは穏やかな、全員に聞きとれる明晰で大きな声で語る。

ゾフィー　私がいま立っている場所に、もうすぐあなたが立つことになるでしょう。

フライスラーはこの言葉のもつ意味を考えなければならない。怒りの反応が見られるかどうか、傍聴席の様子を見ても人々は沈黙している。彼は、きちんとした姿勢を保つことによって発言内容をさらに強調しているゾフィーをにらみ返す。フライスラーの表情は凍りついている。彼はこの弁論で成功をたしかなものにしようとしたが、挫折が明らかになっただけである。

フライスラー　この場におられる立派な方々の全員が、いまの発言に激怒しておられるぞ！　——これから協議に入る。

ゾフィーは激しい怒りを覚えつつ、傍聴席に激怒している人など皆無であることを確認する。そこには困惑と、ひょっとすると不安があるだけだ……前方の裁判官席や被告席を見ている者はほとんどない。中尉はこっそりと腕時計を見ている。

フライスラーは、取り巻きとともに早足で隠しドアから退室する。傍聴人は立ち上がる。

ゾフィーと共同被告人は、廷内にいた人々の変化を感じとっている。彼らは退室するさいに、被告席に落ち着かないまなざしを投げかける。三人の学生は消耗しきっている様子だ。クリステルは気力を高めようとするかのように、目を閉じて無言で両手を組み合わせている。

いまや傍聴人はまったくひとことも発することなく、萎縮し、当惑した様子で退室していく。はっきりした声を出す者はいない。被告人は席に残っている。

70 裁判所、二一六室、昼・屋内

廷内はからっぽになっている。被告人は警護官に囲まれて座ったまま待っている。ゾフィーはクリステルのほうを見て、クリステルが神経質になっていること、瞬間的なほほえみを浮かべたことを確認する。ゾフィーはハンスに視線を移す。彼は禁欲的な印象である。

警護官（廊下での叫び声）二一六室で判決申し渡しがおこなわれます。

71 裁判所、二一六室、昼・屋内

判事たちが入廷する。傍聴人も戻るが、被告人と同じように立ったままである。誰かが廷内で咳こむ。フライスラーは、メモを手元に揃える。静寂が戻る。ゾフィーはフライスラーと、もっと高い壇上にいる彼の同僚の法律家を眺める。フライスラーは調書にメモを書き加えながら、[★31]全員の注目が自分に集まっているかどうかを確認する。プロープストは目を見開き、希望を胸に抱きながらも、もはや我慢できないような神経質な気分になっている。ハンスは気持ちを集中し、真剣な顔つきである。ゾフィーも同じだ。全員が背中を伸ばして立っている。

フライスラー　ドイツ国民の名において、ミュンヒェンのハンス・ショル、ミュンヒェンのゾフィア・マクダレーナ・ショル、アルドランのクリストフ・ヘルマン・プロープストに対し、民族裁判所第一部は、一九四三年二月二十二日の公判の結果、以下の刑が相当であると認めた。被告は戦時下におけるビラにおいて、軍需工場のサボタージュとドイツ民族の生活様式の崩壊を呼びかけ、敗北主義的思考を宣伝し、総統に最悪の侮辱を加え、それによって帝国の敵を幇助し、われらが国防軍の士気を低下させた。プロープストは、ラジオ放送に関して罪を犯した。これによって、彼らは死刑を宣告される。

ゾフィーとハンスは、判決を淡々と受け入れる。ふたりは同情の念にかられてクリステルに視線を送りながら、彼の希望がうち砕かれ、少なくとも彼の命は救われるのではないかという兄妹の希望も実現されなかったという事実をかみしめる。目を閉じているクリステルの顔はぴくぴくと動いている。彼は気持ちを鎮められぬまま、頭を垂れている。

傍聴席ではうなずいている者もいるが、大半は表情を動かさない。ザムベルガーは、多くの者が感じていることを代弁する。

ザムベルガー（小声で）プロープストには、それはないだろう。
フライスラー（念押しするように）これらの者の市民権は、永久に剝奪される。裁判の費用も彼らが負担する。
ゾフィー　恐怖政治はもうすぐ終わりよ。
ハンス（叫ぶ）今日は僕たちが処刑されるが、明日はおまえたちの番だ！

ゾフィーは注意深く傍聴席を観察している。ふたたび廷内はざわついている。ひとりの野次が聞こえる。

野次　論外だ！　縛り首にしろ！
フライスラー　連行しろ！

フライスラーはさっと右手を挙げる。

フライスラー　ハイル・ヒトラー。

裁判のはじまりのときとは異なって、傍聴席はヒトラー式挨拶に対してある種のためらいをもって反応し、全員一致で素早く動くというわけにはいかない。フライスラーはそのことを見逃さない。何人かは——内心の不安ゆえに——最初よりももっと素早く右手を挙げる。ザムベルガーは「ドイツ式挨拶」をおこなわず、隣の中尉も恥じているかのように緩慢に手を上げる。

ゾフィーは冷酷な裁判官と目を合わせる。彼は退廷する前に、心を憎しみで満たし、少々の不安を覚えながらも表面的には勝ち誇ったように被告席のほうを見る。ゾフィーは、フライスラーが共犯者たちと横の出入口から姿を消すのをながめる。傍聴人は言葉を発することなく重い気持ちでドアに向かう。

ゾフィーの両親が、いま一度子供たちと接触するために人々の流れにさからって室内に入ってくる。ゾフィーと兄は、警護官に両脇を固められながらも近いドアのそばにいる両親に近づこうとする。

ローベルト・ショル　通してください、お願いです、通してください、子供のところに行きたいのです。

このときゾフィーは、彼女の弁護人がローブを脱ぎながら両親に近づき、こんなふうにいうのを耳にする。

クライン　どうすれば子供たちにこんな劣悪な教育を施せるのか、まったく理解できませんよ。

ゾフィーは両親のほうへ身体を動かそうと試みる。彼女と母はおたがいに手を伸ばして触れ合おうとする。

警護官　戻れ、そんなことは許可されていない。

ゾフィーは男に押し戻される。いっぽう弟のヴェルナーはハンスに近づいて握手を交わすことに成功する。ゾフィーには、ハンスが力と闘志に満ちあふれていることが感じられる。彼女は警護官ともみ合いながら、ハンスが弟に語るのを聞く。

ハンス　ヴェルナー、強く生きろ――ぜったいに自白はするな。

ゾフィーは、ようやくヴェルナーと手の届く距離にまで近づくことに成功する。弟と心からの握手を交わした彼女は、元気づけるようにほほえんでみせる。ヴェルナーも手を強く握り返す。その瞳には涙が浮かんでいる。彼らはついに引き離される。ゾフィーは両親と、思慕の念のこめられた最後のまなざしを交わす。ザムベルガーが両親のそばに来ている。

ザムベルガー　ザムベルガーと申します。司法実習生の者です。ただちに恩赦の嘆願書を提出してください。

72　裁判所、ロビーおよび中庭、昼・屋内と屋外

判決を受けた三者は、警護官に連れられて裁判所を出ると、外側からは見えない中庭へと進む。警護官は決然とした態度で早足で歩き、三人に圧力をかけているようだ。

警察官　さっさと歩け！　急ぐんだ！　そこへ入るんだ！

ゾフィーは速い歩調で進まされているにもかかわらず、うしろを歩く兄とクリステルを振り返ってみる。三人には、これが彼らが顔を合わせる最後の機会かどうかは定かではない。ハンスは長い闘いを終えて消耗し切っている。両手にふたたび手錠をかけられたゾフィーは合図を送ることもできない。ハンスの目には涙がたまっている。クリステルは泣いてはいないが無気力状態に陥っており、警護官に引っ張られるままになっている。ゾフィーも兄と同じように力を失い、燃え尽きてしまったかのように見える。彼女は泣いてはいないものの、頭をたれており、最初に輸送車に乗せられる。

73　輸送車、昼・車内

輸送車のなかでゾフィーが座っているスペースは、運転席とは壁で隔てられている。彼女は格子の向こうに、筒型の帽子をかぶり、彼女には背中を向けて座っている警官の頭を見ることができる。

車が停止する。

刑務所の門があけられる音がする。

すぐあとに車はふたたび走りはじめる。

74　シュターデルハイム刑務所、入口受付、廊下、昼・屋内

警察官はゾフィーの身柄を女性看守に委ねる。制服に身を包み、きちんとネクタイをしめた五十歳ぐらいの女

性で、一見したところナチの典型的な看守といった雰囲気である。警察官は同時にゾフィーの書類を渡す。

警護官　ショル、ゾフィー、民族裁判所、本日の判決による。

看守　こっちにいらっしゃい。

ゾフィーは看守と並んで後方の廊下へ歩いていく。看守の歩調も速く、疲れている彼女にはつらく感じられる。ゾフィーはそのあまりの速さに驚いている。

75　シュターデルハイム、死刑囚房、昼・室内

ゾフィーは死刑囚房に足を踏み入れる。★32 彼女は周囲をながめ、房内にはベッドすらなく、机ひとつと椅子ふたつしかないことを見てとる。★33 天井近くには半円形の窓があり、その横には、ありふれたカトリックの十字架がある。天井には豪華な装飾のついた明かりが見え、それは室内全体の質素さと著しい対照をなしている。看守は彼女に便箋と鉛筆を渡す。

看守　お別れの手紙を書くのなら……でも、短いものにしてね、フロイライン・ショル。

ゾフィー　処刑は今日なの？

看守は無言でうなずく。すべてがこれほど速く進められていることに、ゾフィーは心の奥深くまで衝撃を受ける。彼女は看守を見つめる。

ゾフィー　まだ九九日あるのかと……思っていたんですが……

女性看守は首をふる。いまやゾフィーにはあらゆる希望が消え失せてしまったのだ。彼女は今日じゅうに死ななければならないのだ！　彼女は放心したように看守を見ている。文句をいったり取り乱したりはせず、息が止まってしまいそうな恐怖と戦っている。

看守　書いておいたほうがいいわ。

ゾフィーはショックの克服につとめ、腰をおろして深呼吸しながら心を落ち着かせようとする。★34
ようやくゾフィーは、まだ力の入らない手で別れの手紙を書きはじめる。
彼女が最初に書いたのは「愛するフリッツへ」という文字である。
しばし考えこんだあと、彼女は顔を上げ、そのあとはすらすらと鉛筆で言葉を書きつける。ゾフィーは格子のはまった窓ごしに、薄暗くなりかけた夕方の空を見る。

76　シュターデルハイム、死刑囚房、夕方・室内

ドアがあけられる。ゾフィーは背筋を伸ばして座り、じっと待っている。手紙は書き終わっており、その上で彼女は両手を組んでいる。ゾフィーはドアのほうを見る。

看守　いらっしゃい、面会よ。

ゾフィー　面会？

77　シュターデルハイム、死刑囚棟廊下、夕方・屋内

ゾフィーは看守とともに死刑囚房から廊下に出る。廊下の端にモーアが立っているのが見える。横を通るさいに、彼女は尋問官の顔を見る。モーアはまったく表情を変化させない。

78　シュターデルハイム、面会室、夕方・室内

ゾフィーは面会室に案内される。ちょうどハンス（囚人服を着ている）が両親から離れるところである。ゾフィーとハンスは目を合わせる。彼の足取りは軽く、姿勢もよい。瞳は、大きな勝利を収めたあとであるかのように光っている。身体からも輝きが発せられている。ゾフィーの母は涙をこらえ、悲しみを隠そうと努めている。

ゾフィーは両親に向かって歩いていく。彼女が着ているのは自分の衣服（最初の逮捕時と同じ）であり、ドリ

ル織りの囚人服ではない。彼女はまっすぐな姿勢でゆっくりとリラックスした歩調で進む。ゾフィーの浮かべたほほえみは、まるで太陽を見ているかのようだ。彼女はあいだを隔てた格子のあいだから両親に手を差し出す。しばらく沈黙があったのち、母が口を開く。

マクダレーナ・ショル　ゾフィー!

腕組みをした父が語る。

ローベルト・ショル　おまえたちは歴史に残るだろう、まだ正義は存在している。

ゾフィー　きっと波が打ち寄せるわ!

母はハンドバッグからお菓子をとり出す。

マクダレーナ・ショル　ほら、これを食べて、ゾフィー。ハンスは甘いものは好きじゃないって。

ゾフィー　あら、ありがとう。今日は昼ごはんも食べてなかったわ。

ゾフィーはクッキーを受けとるが、食べはしない。

ゾフィー　心配しないで。私は何度でも同じことをしたわ。
ローベルト・ショル　すべては正しいことだった。おまえたちを誇りに思ってるよ。
ゾフィー（父に）私たちは全責任を引き受けたわ。

きちんとしゃべることのできない母は、ゾフィーの頬を撫で、必死で取り乱すまいとしている。

マクダレーナ・ショル　おまえの肌……張りがあってきれいだわ……

やはり度を失いそうになっているゾフィーは、声をつまらせながら母を慰めようとする。

ゾフィー　ママ、ママはいつも勇敢で、私の味方をしてくれたわ。
マクダレーナ・ショル　もう、おまえは二度とうちには帰ってこないのね。
ゾフィー　すぐに天国で会えるわよ。

自分自身を支えようとするかのように、母はのどを詰まらせながら声を絞り出す。

マクダレーナ・ショル　そうね、ゾフィー……神様のご加護がありますように。

ゾフィーはほとんど命令口調で言葉を返す。

ゾフィー　ありがとう、ママにも神様のご加護がありますように！

看守が入ってくる。ゾフィーは彼女と退室しなければならない。両親のほうを見ながら、彼女は三歩うしろに下がる。身体の向きを変えて両親に背中を向けたその瞬間、彼女のほほえみは消え、目には涙が浮かぶ。あふれ出した涙は頬をぬらすが、両親にはそれは見えない。ゾフィーは振り返ることなく、部屋をあとにする。あとに残された両親は、誇りに支えられてきちんとした姿勢を保ち、心の準備もできてはいるが、やはり悲嘆にくれている。彼らはゾフィーが泣いていることは知らない。ローベルト・ショルは妻を抱きしめる。

79　シュターデルハイム、死刑囚棟廊下、夕方、屋内

ゾフィーは泣きながら廊下を歩いていて、尋問官モーアと最後の出会いをする。ゾフィーは冷静さを保とうとつとめる。

ゾフィー　たったいま、両親に別れを告げてきました……あなたなら、わかってくださるでしょう。

モーアはうなずき、ゾフィーから目をそらすと視線を落とす。

看守　来てください。

死刑囚房の鍵があけられる。カメラはモーアのもとにとどまる。彼は自分がおこなったことについて考えることを、意識から排除したのだろう。モーアはゾフィーのあとで、アンネリーゼ・グラーフのような抵抗運動のメンバーを独自のやりかたで尋問することになる。この瞬間、彼は胃痛に苦しんではいない。

ゾフィーは房内に入る。

80　シュターデルハイム、死刑囚房、夕方・室内

ゾフィーはまたひとりきりになる。棟内は静まりかえっている。ゾフィーは窓の前に立ち、首を伸ばすようにして外をながめる。夕方の淡い青の空を背景に、音もなく一羽の鳥が飛んでいる。ゾフィーは落ち着き、自分の感情を制御できるようになっている。これ以後、彼女からは不思議な安らかさと偉大さの輝きが感じられる。彼女は生きることをあきらめ、ほとんど勝利者として死に意味を付与したのである。

ふたたび鍵があけられる。ゾフィーはドアのほうを見る。入ってくるのは死刑執行人の助手ではなく、刑務所の聖職者、カール・アルト博士である。

アルト　フロイライン・ショル、私はアルトと申します。この刑務所の牧師です。

ゾフィー　こんばんは、牧師様。

アルト　このあまりにも限られた時間のうちにどうすれば君に近づけるのか、そして君とお兄さんの最後の旅をどのように準備してあげられるのか、私にはよくわからないのです。

ゾフィー　主に祈りを捧げたいのですが。

アルトはほとんど途方に暮れており、その身体は小刻みに揺れている。神経も張りつめているようだ。ゾフィーは穏やかで敬虔な気持ちで頭をたれ、少ししてまた上げる。アルトは両手を震わせながらかがみこみ、ゾフィーの言葉に耳を傾ける。[★35]

ゾフィー　わが神よ、栄光に輝く父よ、あなたのまいた種が無駄にならないように、この足もとを豊かな大地へと変えてください。創造主に会うことを願わない人々の胸にも、少なくともあなたへの憧れを育んでください。

アルトは深呼吸する。彼も疲れ果てているようだ。

両者　アーメン！

ゾフィー　祝福をお願いできますか。

アルトは祈りを捧げている姿勢のゾフィーを見る。

アルト　父なる主よ　祝福を与えたまえ
汝を似姿として創造した神よ
生と死を通じて汝を救済した神の子よ
祝福を与えたまえ
汝を神殿に迎え聖化した聖霊よ
祝福を与えたまえ

牧師はゾフィーの額の前で十字を切り、言葉を続ける。

アルト　三位一体の神が（右手で十字を切りながら）汝を慈悲深く裁き、永遠の命へと導かんことを。
両者　アーメン。

ゾフィーはふたたび鍵があけられる音を耳にする。ついに時間が来たのである。看守が現われ、無言でドアのところに立っている。

アルト　神よりも偉大な愛を捧げられる者はいません、神は友のために命を捨てたのですから。神のご加護があ

ります ように。

ゾフィーは立ち上がる。アルトは両手を膝の上で組んだまま、じっと動かずにいる。

81　シュターデルハイム、死刑囚棟廊下、夕方・屋内

ゾフィーは看守と並んで廊下を歩いていく。背筋を伸ばし、黙ったままである。とつぜん看守は安全を確認するかのように周囲を見渡し、何かを共謀しようとしているかのような身振りで、ゾフィーをある鉄格子の前に導く。それは、横の方向へ通じる廊下を隔てている格子である。彼女はそれを開けながら語る。

看守　規則には違反してるのよ……だけどね……

ゾフィーは困惑して彼女を見る。

カメラは、あけられた格子を通して廊下の先をとらえる。その先にはドアがあり、その一部は格子状になっている。その向こうには何もない中庭があり、煉瓦の壁が見える。

82　シュターデルハイム、処刑所の廊下、夕方・屋内

ゾフィーは、ハンスとクリステルがすでに廊下におり、彼女のほうを見ていることに気づく。三人とも最初は無言で、この予期せざる再会に驚き、喜んでいる。

看守はゾフィーに煙草とマッチを渡す。

看守　急いでね。

ゾフィーは煙草に火をつけ、煙を深くすいこむと、兄に回す。ゾフィーが点火したあと、看守はマッチを受けとる。

ゾフィー　ありがとう。

ハンスは同じように深く煙をすいこみ、煙草をクリステルに渡す。このとき看守は静かにその場を離れ、格子に鍵をかけて外に出ている。

クリステル　無駄じゃなかったよな。

ゾフィー　いっしょに天国に行きましょうね。

ハンス　そうさ、いっしょに行こう。

三人の死刑囚は黙ったまま煙草を回している。彼らはおたがいに身体を近づけて、まっすぐな姿勢で立っている。

ゾフィーとハンスはほほえんでいる。三人の若者は、できることはすべておこない、すべてを語りつくしてしまっている。

ゾフィーがふたりの男性に向かって一歩踏み出すと、三人は短いあいだだが強く抱き合う。ひょっとするとさらにもう一度抱き合うかもしれないが、いずれにしてもこのときが、彼らが暖かさと近さを感じる最後の機会となる。三人は身体を離す。この親密な身振りを目撃した者は、誰もいないようである。

彼らは動揺することなく、正面から死を待ち受けている。おたがいの顔を見ながら、覚悟のできた、澄みきった心で安らぎを見出している。口に出すべきことは何もない。

最後の煙草が燃え尽きる。

時間が訪れる。中庭に面したドアの鍵があけられる音がする。

黒いスーツに黒いネクタイをしたふたりの男性が入ってくる。死刑執行人の助手である。ひとりが、ゾフィーの両手を背中に回して手錠をかける。ゾフィーはいっさい抵抗を見せず、兄の瞳を覗きこむ。まるでこのときの印象を永遠に記憶にとどめようとするかのように。

ゾフィー　まだ太陽は輝いているわ。

ゾフィーは兄のまなざしに別れを告げなければならない。死刑執行人の助手はゾフィーの上腕をつかみ、かなり速い歩調でドアをくぐり抜け、ひとつ階段を下って中庭へ向かう。ハンスとクリステルは彼女の背中を見ている。

83　シュターデルハイム、中庭、夕方・屋外

ゾフィーは、二月の一日の最後の陽光が差しこんでいる殺風景な中庭を通って、処刑場へ連れて行かれる。防火壁の空に近い部分に夕日が当たっているのが見える。ゾフィーは聖母のように、というよりは最後の太陽の輝きを全身全霊で楽しむ者として、その部分を見上げる。

助手のひとりが処刑場の扉を開ける。

84　シュターデルハイム、処刑場、夕方・屋内

ゾフィーは、その部屋の冷たい明かりのなかへ歩む。★36 ただちに彼女のまなざしは黒いカーテンへと注がれる。ゾフィーはまだ、どんな方法で処刑されるかを知らされていない。

数人の男性が待っているのが見える。それは、帝国検事ヴァイヤースベルク、刑務所長コッホ博士、白衣を着た刑務所医師のグリューバー医師、そして牧師である。ゾフィーは牧師に視線を送り、彼が平静さを保とうと努力していることを見てとる。男性たちは、死刑囚を凝視する。

ヴァイヤースベルク　ゾフィア・マクダレーナ・ショル、帝国法務大臣は一九四三年二月二十二日、恩赦権を行使せず、刑の執行を妨げないと決定したことを発表した。

ゾフィーは無言である。すべてはあわただしく進行される。帝国検事が以下のように語るあいだ、ゾフィーの視線は男性たちのあいだで揺れ動く。

ヴァイヤースベルク　ちょうど午後五時だ。刑が執行される。

当時の報告書によれば、それ以後のことは六秒間におこなわれたという。とはいえ、ここでは時間を延ばして表現される。

執行人のふたりの助手がゾフィーの身体をつかむ。彼らは、この若く弱々しい女性に触れることを嫌悪してすらいるようだ。ゾフィーは助手たちの仕事が楽になるような姿勢をとり、頭を上げて前方を見る。

黒いカーテンが横に開かれる。

ゾフィーはギロチンと、いまは垂直に立てられている、犠牲者を載せるための板を見る。その横には、黒いスーツに黒いネクタイをした死刑執行人、ライヒハルトの姿がある。背が高く、痩せている彼は、帽子はかぶっておらず、すばやい目の動きで助手をチェックしている。彼は言葉で命令を与える必要はない。★37 彼はすべてのこつを心得ている。

次にゾフィーのまなざしは、ギロチンの横に置かれた三つの質素な棺桶をとらえる。

ゾフィーは背中のうしろで手錠をかけられたまま、ギロチンのほうへ二歩、三歩と近づく。

ふたりの助手はほとんど繊細な手つきで彼女を歩ませ、すばやく革のベルトで台に固定する。ただちに台は水平方向へと傾けられ、ゾフィーの身体は頭部が刃の向こう側に突き出すように前方へずらされる。ゾフィーは切断された頭部が入れられるブリキの箱を見る。それが、彼女がこの世で目にする最後のものである。

静寂の一秒。

刃は、断頭台の上方の金具にとめられている。

執行人の手が、留め金をはずす。

金属がこすれる音がする。

刃が落下し、カメラに接近してくる。

映像は真っ暗になる。

鈍い衝突音が聞こえる。

二度目の衝突音ののち、頭部が箱のなかに落ちる。

間を置いて、ふたりめが連れられてくる。

ヴァイヤースベルク（オフ）　ここに私は、連行されてきたハンス・フリッツ・ショルが判決を受けた者と同一人であることを確認する。刑が執行される。

しばらく無音となる。

固い決意のこめられた叫びが響く。

ハンス（オフ）　自由万歳！

摩擦音がする。二度の衝突音。
摩擦音、さらに二度の衝突音。
静寂。
近づいてくる航空機のエンジン音が響く。

85
最終映像

フェイドイン：連合軍の爆撃機が隊列をなして飛行している。爆弾の投下口が開く。そこから無数のビラがまかれる。

音楽：「シュガー」のメロディー。
トリック撮影：カメラが落下していき、また上昇する。爆撃機が映像から消える。ビラが、大学で落とされたときと同じように空中を漂う。
音楽が次第に小さくなる。
それに重ねて言葉が聞こえてくる。

ナレーター　ヘルムート・フォン・モルトケによって、「白バラ」の第六号ビラはスカンジナビア諸国を経てイギリスに到達した。一九四三年末、数十万枚の第六号ビラが連合軍によって全ドイツに投下された。

フェイドアウト。

最後の字幕

静寂。

ロールタイトル：処刑された、もしくは懲役刑を受けた「白バラ」のメンバーの名前が流れる。

「白バラ」のメンバーに対する民族裁判所の判決は以下の通りである。

ゾフィー・ショル　死刑

ハンス・ショル　死刑
クリストフ・プロープスト　死刑
クルト・フーバー　死刑
ヴィリー・グラーフ　死刑
アレクサンダー・シュモレル　死刑
ハンス・ライペルト　死刑
マリー＝ルイーゼ・ヤーン　懲役十二年
オイゲン・グリミンガー　懲役十年
ヘルムート・バウアー　懲役七年
ハインリヒ・ボリンガー　懲役七年
ハンス・ヒルツェル　懲役五年
フランツ・ミュラー　懲役五年
ハインリヒ・グーター　懲役十八ヶ月
トラウテ・ラフレンツ　懲役一年
ギゼラ・シェルトリング　懲役一年
カーリン・シュッデンコプフ　懲役一年
ズザンネ・ヒルツェル　懲役六ヶ月
ヨーゼフ・ゼーンゲン　懲役六ヶ月

ヴィリー・ボリンガー　懲役三ヶ月
ハラルト・ドーン　無罪
マンフレート・アイケマイヤー　無罪
ヴィルヘルム・ガイヤー　無罪
ファルク・ハルナック　無罪

六月二十六日および二十七日に書かれた「白バラ」についての文章が引用される。

最初は、トーマス・マンがロンドンのBBCから定期的に放送されていた「ドイチェ・ヘーラー」〔「ドイツの聴取者」〕のために一九四三年にショル兄妹について語った言葉である。放送は、一九四三年八月十二日におこなわれたと思われる。

ナレーター　一九四三年六月、トーマス・マンはロンドンのBBCからの定期的ラジオ放送「ドイチェ・ヘーラー」のために「白バラ」についてこう語った。
「彼女は苦悩に満ちていました、ナチの虚偽の革命に対して、こうしたドイツの若者は——まさに彼女のような若者は——抵抗する力をもたないのです。いまや、彼らは目を見開いています。彼らはドイツの名誉のためと称して若者の頭部を処刑台の上に載せ、命を奪いました。その前に、若者は裁判官席のナチの長官に『いま私が立っている場所に、もうすぐあなたが立つのです』と語りました。その前には若者は、死に直面していながら『自由と名誉への新たな信念が弱まりつつある』ともいっています。なんとすばらしい若者たちでしょうか！　君たちの死を無駄にしてはなりません、君たちが忘れ去られてはなりません」

ウィンストン・チャーチルは一九四六年に「白バラ」についてこのように語った。

「ドイツには、対抗勢力がありました。それはあらゆる民族の政治の歴史において、もっとも高貴で偉大なもののひとつです。その人々は内側からも外側からも援助を受けることなく——ただ自分の良心がそれを許さないという理由から——闘いました。生き延びているかぎり、彼らの姿は私たちには見えません。それは、彼らが身を潜めていなければならないからです。彼らの死が、ドイツで起こったすべてのことを正当化するものではありませんが、彼らの行為と犠牲は、新しい国家構築の不滅の基礎にほかなりません」

★1　ミュンヒェンの画家、マンフレート・アイケマイアーのシュヴァービングにあるアトリエの地下は、「白バラ」の学生たちの秘密の集合場所であり、そこには印刷機が隠されていた。そのアトリエとショル兄妹の住居でビラが作成されていた。

★2　スターリングラードの陥落が知らされた後の日々、学生たちは希望に満ちた状態ゆえに有頂天になっていた。それどころか勝利感さえあったのは間違いない。

★3　ゾフィーは、フランツ・ヨーゼフ通り一三番地にある裏手の建物内の学生用の家具付き部屋に住んでいた。隣の部屋には彼女の兄ハンスがいた。兄妹は大家の女性の台所を使うことができた。

★4　その手紙に貼られている切手は、学生たちが地下で完成したダイレクトメールに貼られている切手とは別物である。そしてその切手にはヒトラーの肖像が描かれていない。

★5　背後に聞こえる対話は、その打ち解けない、皮肉な口調のフーバーを真似ようと試みている。

話し手：ヨーロッパの啓蒙主義における理性信仰は魅力的なものです。啓蒙主義では、人間だれしもが自分の望むように行動して、それですべての人間が行動している、と考えます。だれもが、自己責任をもった個人でありながら民族共同体に適合していると考えます。これは理論としては大変結構なことです。しかしそれでは、人間の精神を構成するほかの重要な部分が否定されることになりませんか。感情とか夢とかはどうなんでしょうか。これらのほうが理性よりもはるかに実質的に存在しているではありませんか。理性をもとうと思えば、努力して呼び起こさなければなりません。理性はひとりでに生まれてきません。ところが感情とか、夢、信仰や希望などは、人間にとって空腹やのどの渇きと同様に当たり前なものです。だから啓蒙主義というのは、人間存在の真の内部から離れた上方で頭部から誕生させているようなものだ、と啓蒙主義の批判者たちは言います。それゆえに啓蒙主義は挫折しなければならない、と。理性を頼みとしたことが、さまざまな革命のテロを引き起こしたのだ、と。それに反して人間の内部はいつも指導と秩序を求めているのだ、と。哲学理念としての国民社会主義はその点を顧慮しているのだ、と。いわば実践哲学として使命を貫徹してきたのだ、と。そこで皆様、このような見地から皆様がたには、とりわけ戦争においてたくさんの功績をあげているドイツ帝国の総統を、さらに哲学者の列に加えようという試みをおわかりいただけることと思います。申し上げておくべきでしょうが、国民社会主義の運動もやはり一つの革命の達成を誇りとしています。それではここでご質問をお受けいたしましょう。理性に対する見方が不公平ではないか、ということですね。いえ、そのつもりはありません、理性と感情は互いに排除し合うものではありません。もしそうならば、人間は今日でもなお原始林に住んでいることでしょう。

★6　ゲシュタポの男たちは、アンネリーゼ・クノープ＝グラーフが彼女自身の逮捕について報告したなかで触れていたように、あの有名な革のコートを着ている。モーアだけが毛織りのコートを身につけている。モーアの息子は、彼の父が常に毛織りのマントを着ていた、と説明した。

★7　悪名高い、ミュンヒェンのゲシュタポ本部は、ブリーンナー通りのヴィッテルスバッハ宮殿のなかに入っていた。一八三五年に建設されたその壮麗な建物は、一九六四年に取り壊された。一五〇〇人以上の官吏がここでめまぐるしく働いていた。そこへ多数の職員が加わった。ゲシュタポは当時、多忙をきわめていた。本館二階の事務室と尋問室の隣にある、一九三三年および翌年に増築された付属監獄棟には、政治犯用の二二の囚人房があった。この付属棟はエレベーターを備えており、地下道を通じて本館と繫がっていた。何百人もの人たちがここで拷問を受け、殺された。というのもゲシュタポは当時の〈法的状況〉によれば、いかなる司法上の、あるいはそれ以外の規制の対象になっていなかったからである。ゲシュタポはＳＳ帝国公安局の下部組織であり、あらゆる政治〈犯罪〉を担当していた。それゆえにナチ国家のテロ機関であった。

ゲシュタポ本部の活発な活動は、民間人も親衛隊の制服を着た男性たち（将校の位にはない）も、本館の通路や廊下を行き来していることに表われている。時間帯によって彼らは書類や文書をもち、保管物件やまたタイプライターさえも携え、昼頃には食器やスナックを手にすることもあった。

宮殿の前には、一人の親衛隊の男が制服着用の守衛として立っていた。建物のなかも同様に、親衛隊が警備していた。ゲシュタポの男性たち自身は、同時にみな親衛隊の構成員だったにもかかわらず、例外なく私服を着ていた。

本館で尋問が行なわれる。事務所の活況は周囲の物音も生み出す。テレタイプはカタカタと音をたて、タイプライターがパタパタと鳴り、電話が鳴る、閉まったドアのむこうではおしゃべりの声がする、またときにはどなりつける声も響く。ときたま短い笑い声も聞こえる。パタンと何かが床に落ち、ガラガラと紙がタイプライターから引き出される。だれかが階段を駆け上がりながら、口笛をそっと吹くかもしれない。ドアは開いたり閉まったり、ときには勢いよくバタンと閉められる。

むろん尋問自体は、担当官の事務室の革張りのドアのむこうで行なわれる。この部屋は控室の奥にあり、入口の隣にある小さな赤や白のランプを越えてそこへ入ることを内部から制御することができた。なかに入ろうとするものは、ベルを鳴らさねばならなかった。

床は寄せ木張りで敷かれており、ギシギシときしんだ。新館ではコンクリートやリノリウム敷きであった。階段は念入りに油が塗り込まれていた。

★8　モーアの事務室は尋問室として使われていた。それは宮殿の二階にあり、ベルを鳴らしたときにのみ入室が許される控室も備えていた。そこでアシスタント（私たちのロッハー）が仕事をしていた。ドアの外のところには白と赤の小さなランプが置いてあった。赤いランプがついているときには入室は禁止であった。モーアの部屋には二つの革張りのドアがあった。彼は大きな書きもの机に向かって執務した。その机の上にはただ紙と当面の事件の書類だけがのっていた。ヒトラーの肖像画は書類戸棚と同様に調度品の一つであった。書類の多くに「白バラ」という文字が記されていた。尋問の際にモーアは一つのランプを使用した。それを彼は尋問される人の顔に向けた。背後のわきに記録係のための小さなタイプライター机があった。

★9　ゾフィーと観客に、ローベルト・モーアはこの段階で表面的な親切さにかかわらず、底知れない人物という印象を与える。彼は、ゲシュタポのシステムとゾフィーの状況の危険性を観客にわからせる象徴的な存在でなければならない。なぜなら、さもなければすべてがあまりに無害に思われるからである。ゾフィーと私たちは、モーアが何を知っており、何を知りたがっているのか、けっして確信してはいけない。彼を親切過ぎると思わないために、自分を〈つねってみなければならない〉としたら、彼の非常に人間的な印象を与えながらも、細部まで計算し尽している彼の尋問方法はよほど尋常でないものといえよう。モーアはゾフィーに妥協案を提示し、挙げ句の果てに、彼女がまだ一度たりとも自分の命を救うために自分の考えを棄てなかったにもかかわらず、あるいは棄てなかったゆえに、彼女を称賛することまでした。

★10　私たちがいずれ見せることであるが、タバコを後でパイプに入れて喫煙することができたので、このようにした。

★11　ドイツ女子青年同盟は、ナチズムに傾倒した少女たちをグループにまとめるために、すでに一九三〇年に設立された。一九三二年からは唯一のナチ党公式の女子の組織となった。

★12　その〈担当官〉はまず被疑者と二人で尋問を行なった。結果について彼はメモを取った。尋問の最後にようやく調書が作成された。たいていは速記に取られたが、タイプライターが使われることもあった。それから調書記録係の男性か女性が加わった。テキストは担当官によってまとめて口述筆記され、それから被疑者によって署名されなければならなかった。ゲシュタポはいかなる法的規制の枠外にあったので、この〈犯罪人の調書〉は正確さも完全性も要求されない。このことは特に自白が成立したときに当てはまる。

★13　私たちもここでそう考えているが、モーアが（戦後）尋問の最初の段階の終わった後でゾフィーがビラとは何ら関係していないということを確信していたと書いたことは、登場人物の役作りにとって重要なことである。

★14　宮殿の公園にナチスによって一九三四年および翌年に建てられた四階建ての監房棟があった。その建物の入口の隅に（S. Hirzel）タイプライターと小さな書類棚（書類とカードボックス）がのったカウンターがあった。そこでエルゼ・ゲーベルが働いていた。

★15　裸は、ショル兄弟が参加して成長した青年運動において、自然なことと見なされていた。とりわけ他の女性に向かい合うときは。もっともゾフィーはエルゼを正確に判断することはできない。とにかくエルゼはゲシュタポのために仕事をしていた。この女性に対するゾフィーの心理的な距離は今のところ大変大きい。

★16　エルゼ・ゲーベルもこの瞬間、ゾフィーの無実を確信して書いた、「私は、自分からストレスが消えるのを感じている。ここではみな根本的に思い違いをしている。けっしてこの愛すべき若い娘は、〔……〕そのような向こう見ずな企てに関与してはいない」と。

★17　囚人房は半地下にあり、シャフトの奥に格子のついた窓があり、それが上部の中庭に通じていた。日中は日光が斜めに差し込んでくれた。昼間囚人房で対話を交わしているあいだ、私たちは囚人とともにときどき通り過ぎるゲシュタポたち、あるいは制服を着た人々の足音を耳にし、彼らの影を目にすると、囚人房の内部の光が少しのあいだ変わる。車が出入りしている。ガソリンスタンドが働いている。ときおりポンプの音やメーターのカチッという音が聞こえてくる。冬の囚人房は寒い。けれども建物内の雑音は聞こえる。しかし多くは聞こえてこない。ときどき囚人房の重いドアの一つが発する音。足音、ガチャガチャと音を立てる鍵、きしむ食事運搬車。看守が同僚とおしゃべりをしたときにちょっと笑うということもあるかもしれない。囚人はだれかが咳をしたり、くしゃみをしたりするとき以外は静かに過ごす。二月であったが、監房は戦時中特に暖房をきかせてはいない。近くの音楽大学からときおり音楽が聞こえた。フランツ・ミュラーが具体的に覚えているのは「こうもり」である。

★18　敵の爆撃機編隊から守るため当時灯火管制が命じられていたので、私たちは向かいのファサードに光を当てて見せることができない。しかし、澄んだ夜空に月が照っているので、暗い建物の輪郭を見ることができる。

★19　ビラ〈すべてのドイツ人に呼びかける〉から引用。

★20　ここから弾劾演説の文体で書かれた最後のビラからの原文引用が続く。ゾフィーがモーアに投げつける言葉である。
★21　ヒトラーは一九二〇年から、演説のなかで人種憎悪を攻撃的に説き勧めていた。一九二四年に彼はランズベルク刑務所で『我が闘争』を書いた。この著作によって反ユダヤ主義を理論的に正当化しようとした。
★22　このことをモーアは戦後書いた。それは部分的には調書からもうかがえる。
★23　一九四二年の半ばから南ドイツでも夜毎空襲警報のサイレンが鳴るようになった。ミュンヒェンが一九四三年二月二十日に連合軍の爆撃機編隊によって攻撃されたのは、歴史的事実である。
★24　囚人房のドアがパタンと音をたて、食事運搬車がきしむ。廊下を急ぐ足音が聞こえる。二人の男性が通り過ぎながら話をしている。一人が短く声を上げて笑った。
★25　天気予報の記録によると、快晴で、一六度まで上がった。
★26　その公判は、ミュンヒェンの裁判所の満席の二一六室で、〈民族裁判所〉の悪名高い「長官」であった当時五〇歳のフライスラー博士を裁判長として行なわれた。このホールは写真の記録によれば、大きく、大聖堂のようなバロック装飾で飾りつけられていた。それは今日もはやこの形では存在していない。

法廷の後ろの壁に、取り急ぎ鈎十字の旗が飾りつけられた。その公判について私たちは多くを知らない。とりわけ音や映像の記録がない。調書は訴訟規則に従って、訴訟の経過のみをただそれ自体として記録しているだけで、内容はまったくない。それに対して、一九四四年七月二十日の男たちに対する〈民族裁判所〉での公判は、映像によって詳細に記録されている。私にはフライスラーが彼の儀式を変えたとは思えないので、ベルリンの上級地方裁判所での記録映像を参考にして、ミュンヒェンの公判の大枠を描写していった。

フライスラーと彼の〈民族裁判所〉は、ショル訴訟までは、プロパガンダとして自らの存在を誇示することに成功していなかった。彼は反発を引き起こす多くの血の判決を、些細なことのために下してきた。大々的な政治的登場は彼にはまだ許されていなかった。私がエルゼに語らせたように、彼は〈ふるさと戦線〉で認められるチャンスをねらっていた。今回は、最初から結果が確定していた〈司法手続き〉において、国家権力がローラント・フライスラーの血の裁判の形で、とりわけこの困難な時代にも容赦なく貫徹されるのを、ホールの党員の傍聴人に大きな身振りでもってわからせることが重要であった。被告人たちから、彼らのいわゆる国家反逆罪的行為に対してすべての尊厳とすべての道徳上の正当性を公に奪い取るために、フライスラーとナチ政権は、〈民族裁判所〉でのこの最初の大きな〈訴訟〉を宣伝上の見せ物として演出した。この〈訴訟〉は、フライスラーにとっても多くの点で重要であった。

当時は司法実習生であり、後に弁護士になったレオ・ザムベルガーは、この公判の目撃者であった。彼は次のように報告している。「フライスラーは荒れ狂って叫びながら、声の限りわめきながら、怒りの爆発を繰り返しながら審理を進めた。それに対してゾフィーと彼女の兄は、ののしるフライスラーに反抗しながら、堂々と、毅然たる態度を保持している。プロープストは黙っているがくじけていない。ここに明らかに自分たちの理想に貫かれた、自分たちの自由と名誉のための闘いが正しい闘いだと確信している人間たちがいる。裁判官のようではなく、告訴人のように振る舞う裁判長の一部恥知らずな質問に対する彼らの答えは静かで、落ち着いていて、明瞭で、勇敢である。ただ、身体上に現れる徴候に過度の緊張が認められる」。

フライスラーは大声で、しばしば自制心をなくして、異常に明るい声とライン地方のなまりで話した。しかしながら彼の言語は舞台劇でのようにはっきりと聞き取れた。表現はほとんどいつも非法律的で、部分的には下品でさえあった。しばしば被告の述べた文言をそのまま大変明瞭に、シニカルに誇張して繰り返し、それからそれを蔑みながら短くコメントした。フライスラーは静かに座っていられなかった。彼は絶えず椅子の上であちこちに体を動かしていた。特に、被告の発言が文の半分を越えるとかならずそうなった。彼は手を振り回して、ときおり拍手を強要しながら観客や陪審判事を見た。この法廷には質問をする裁判官はいなかった。異端審問官ふうの告訴人が際限なく暴れまわっているだけであった。

ベルリンでの裁判映像はプロパガンダの目的のために密かに撮影されたことは知られているが、〈長官〉が暴れ回ったため、嫌悪感を起こさせる影響を観客に及ぼすことを恐れたので公表されなかった。そしてまさにこの反応が、公判が進むにつれてゾフィーの視点から観察する観客の心のなかで成長していくのが見える。

帝国検事のヴァイヤースベルクも、陪審判事も、国選弁護人の一人さえフライスラーの話を遮ったり、なだめようとしたりする人はだれもいない。ただ被告の三人だけが鉤十字のついた法服を着ている男に反抗する。もっとも、フライスラーにとって大切な人物である突撃隊大将ブンゲが例外となっている。フライスラーが本筋から逸脱するといつも、ブンゲに相談して元の筋に戻るのであった。フライスラーがシステムの単なる操り人形、残酷な操り人形であるけれども操り人形にすぎないという事実を、映画のなかでブンゲが象徴する。

私たちは、起訴状の朗読のような訴訟の冒頭の形式的な手続きは省略する。ベルリンでの訴訟の映像においては、フライスラーが被告をひとりひとり糾弾するのをまざまざと見ることができる。それに加えて、〈青い制服の男〉が被告を規則通り前方の裁判官の机の前へ連れて行った。そこには簡素な小さな机と椅子があった。被告は気分が悪くなったとき、椅子の背によれかかることは許されていたが、座ってはならなかった。

これから続くフライスラー対ショルの闘いにおいて、冷血なフライスラーと毅然としていたゾフィーと二人の共謀者は闘いを繰り広げる。フライスラーが侮辱とむだ話、告発を延々と続け、ほとんど人に終わりまで話させない一方で、被告人たちは冷静さを保っている。

★27　ザムベルガーは、訴訟手続きとフライスラーに対する控え目な拒絶の態度を代表している。彼は後になお両親が恩赦の請願を書面で提出するのを必死に助けたその人であった。国防軍中尉は党員の傍聴者を代表している。身振りと顔に訴訟の非公式な結末が映し出されている。この二人の人物において、対決に勝利するのはだれで、敗北するのはだれかということを私たちは個別に見せる。

★28　この訴訟における被告たちの態度はまちまちであった。プロープストは、ごくわずかな〈犯行への関与〉と家族状況に基づいて彼の見地からまだ、命が助かるという望みを必死にもつ可能性がある。それゆえに彼は裏切ることはせずに、生きるために闘うだろう。それに反してハンスはゾフィーと同様に、死刑判決を覚悟しなければならないということを知っている。ハンスは「白バラ」の知的かつ戦闘的なリーダーとして、たとえフライスラーが彼を罵倒したり話を遮ったりしたとしても、自分の道徳的な態度を説明するためにフライスラーとの論争を展開するだろう。ゾフィーはそれに反し確実な死刑を見据えつつより感情をこめて反応し議論するであろう。単に私たちの映画のヒロインとしてだけでなく、また資料の記録には、実際被告からフライスラーに投げつけられた決定的な言葉が、ハンスとともにゾフィーの発した言葉として残されている。

★29　ゾフィーの母親は嘔吐を伴う下痢に苦しんでいたが、実際病床から法廷に駆けつけた。

★30　ゾフィーの父親が後に提出した恩赦の請願書に見られる主張。

★31　フライスラーが判決と判決理由を手書きで大きく書き留めた公的調書は残存している。(小道具管理部)

★32　この部屋が死刑囚にとって残された最後の部屋であることを、もちろんゾフィーは知る由もない。いつ、どんな方法で処刑が執行されるのかをまだだれも彼女に告げていなかった。

★33　同時代の写真による。

★34　フランツ・シューベルト、「弦楽五重奏曲ニ短調、D八一〇」、第一楽章（アレグロ）。（この曲は爆発的に始まり、およそ五秒後にいくつかの筋に溶けていく。細かく分けられ、かき乱され、最初の一分が終わるまでに澄んだ音となる。静かに、澄みきって、次の何秒かはほとんど勝ち誇ったような曲調になる。このように私はゾフィーの気持ちを想像する。最後の音楽「シュガー」とのコントラストが重要である。）

★35　ゾフィーの日記の記述より。

★36　処刑場所に関する記述は公式調書が明らかにしている。以下の通りである。「関係者以外の目や立ち入りから完全に守られていた。断頭台は黒いカーテンでおおい隠されていたが、使用できるよう準備が整っていた」。
★37　ライヒハルト自身は三つの政府のあいだ、三千を越える判決を執行した。

（渡辺徳美訳）

事実から受けたインスピレーション──映画の構想についてのコメント

フレート・ブライナースドルファー、マルク・ローテムント（渡辺徳美訳）

ゾフィー・ショルは若くて感受性の強い学生であった。どちらかといえば内気であったが、生きる喜びに溢れていた。ゾフィーはウルムのプロテスタントの大家族に生まれ、姉兄弟とともにリベラルな教育を受けて育った。家庭では道徳的および宗教的な価値が重んじられていた。まずゾフィーは父親に反抗して、ほとんどの姉兄弟といっしょにヒトラーユーゲントのメンバーになった。当時としてはごく普通の経歴のように見えていた。

それからミュンヒェンで、学生たちの地下抵抗運動「白バラ」が組織された。一九四四年七月二十日にヒトラー暗殺を企てた将校らとは異なり、彼らは暴力によってではなく言葉のみによってヒトラーと闘ったことを強調しておきたい。グループのリーダーはゾフィーの兄のハンスであった。年齢がもっとも若いゾフィーはグループの仲間うちに後から加わり、ごく少数の女性メンバーの一人となった。

ゾフィーの最期の日々、一九四三年二月十八日から二十二日のあいだに彼女の運命は頂点に達した。数日間におよぶゲシュタポの尋問のなかで、ゾフィーにとって〈あらゆる暴力に逆らって自分の意志を貫く〉というショル家のモットーは現実に即した課題となった。眼目はあらゆる人間のための権利と自由という理念の弁護、戦争の早期終結と民主的国家の要求、そしてそれにともなうドイツの政治情勢の根本的な変革を要求することであった。

「白バラ」とゾフィー・ショルについては、すでに二つの映画が存在する。ミヒャエル・フェアヘーフェンの『白バラは死なず』とパーシー・アドロンの『最期の五日間』である。八〇年代の初めに撮影された両作品はそれぞれすぐれている。さらにフェアヘーフェンの映画はドイツ映画の名作と見なされるようになった。

しかしながら私たちは、八〇年代初めにはまだシュタージ〔旧東ドイツの秘密警察〕の文書保管所で封印されていた記録、とりわけ尋問と自白に関するゲシュタポの調書がその間に日の目を見たので、ゾフィー・ショルの伝記は映画としても物語としても使い尽されていないと考えた。これまで公表されていなかったこれらの記録は息詰まるドラマ性を内包していた。それらは、ゲシュタポによって官僚的に記録されたものであるが、ゾフィーの歩んだ道と闘いを写しとっている。

特に印象的だったのは、ゾフィーが度重なる尋問による猛烈な重圧下でも屈することなく、むしろ成長を遂げていることであった。その結果、冷血なフライスラー裁判長に勇敢に立ち向かうことができ、逮捕の四日後に毅然として死んでいった。この最期の日々でゾフィーはとてつもない変化を遂げた。ゾフィー・ショルの人生の最期の五日間、つまり逮捕される日の前の晩から死に至る時間は、政治について考えさせられると同様に深い感動をよぶ物語を紡ぐための素材である。しかもそれはドイツの観客にとってだけのものではない。

私たちは、ヨーロッパでファシストの政党がまた声を上げ始め、ドイツでは主に若い有権者によって極右政党のメンバーが国会議員に選ばれる時代に生きている。若者には手本となるべきものがない、という嘆きの声がいたるところで聞かれる。けれどもそれと同時に、生徒たちはイラク戦争反対のデモに参加するために授業を欠席している。そして〈ピース〉と書かれた色とりどりの旗が窓辺やバルコニーでなびいている。ゾフィー・ショルについての映画、すなわち一人の快活で若い女性が最期の道をたどり、増大する重圧下でいかに成長し、そして彼女の態度がいかなる結末をもたらしたかを描く映画は、このような時代においてどうしても必要である。

私たちは二〇〇二年に、ゾフィー・ショルの人生の最期の日々についての映画を制作する決心を固めた。私たち二人が共同で行なう四つ目の映画制作プロジェクトとなる。映画のストーリーをその最期の五日間とゾフィーという人物に凝集させたのは、マルク・ローテムントの提案と彼の構想であった。ローテムントが脚本担当のフレート・ブライナースドルファーに、この素材と構想が、質が高く、かつサスペンスに富んでいることを納得させるのに時間はかからなかった。

私たちの作業方法

この映画の制作費がごくわずかであるということは最初からわかっていた。そのため私たちの課題は、ゾフィーが私たちにとって〈英雄〉としてではなく、人間として私たちの心に深く刻まれるように、限られた資金によってでも緊張と感動をよぶ場面が続く映画に仕上げることであった。

私たちはこの映画の素材や脚本、演出について日夜議論を重ねた。〈ワーク・イン・プログレス〉、そこから二人は同じように得るところがたくさんあった。脚本家が映画の草案を執筆するのにたっぷり一年半かかった。中途半端なテキストを数えなければ、その脚本はざっと十一回書き直された。最終稿は二〇〇四年六月十六日に完成したが、それは撮影開始の二日後のことであった。脚本と並行して監督のもとでは、演出のアイディアと構想、イメージ、そして部分的にはすでに個々のカットも進められていった。フィルム撮影が終わったとき、マルク・ローテムントにとってようやく〈前半〉が終了したようなものであった。その後何週間何か月ものあいだ、撮影後の制作作業が続いた。

新たに問題点が発生したいくつかの脚本草稿について、私たちは仕事仲間や時代の証人たち、あるいは専門家たちに判断を依頼した。その後で彼らの提案と批判は議論され、私たちが納得した場合には取り入れられた。新たな調査結果によって、脚本は絶えず補足され、そして変更されなければならなかった。私たちは以前の脚本の場面や対話に舞い戻り、短縮案を退けることが次第に多くなってきたときにようやく、この長期間の制作プロセスが終わりに近づいたことを確信した。

焦点をゾフィーに

ゾフィーは私たちの主人公であった。しかし彼女をどのように作中に登場させるべきであろうか。脚本家は初め、ゾフィーだけに撮影を集中させるか、あるいは緊張をいっそう高めるためにあえてゲシュタポという対立世界のショットを加えるべきか、迷った。映画のストーリーの立て方としてはどちらもそれぞれ十分に魅力的である。

観客が登場人物たちよりも多くのことを知っている古典的な〈サスペンスの原則〉は、上述したような対立世界のショットを認める。たとえば、ゲシュタポが兄妹の住居を捜査するシーンを描くとすれば、観客は嫌疑の根拠が強まる様子を観ることになる。そのうえ私たちは、何度も視点を切り換えることで、ずっとわかり易く時間の経過を語ることができるであろう。というのも、尋問は現実には何時間もかかったのであるが、私たちにはほんの数分しか尋問シーンを描く時間がなかったからである。だがそのような手法をとると、反対にゾフィーの内に高まる緊張や精神的消耗、肉体的緊張を描写するのをよりむずかしくしてしまうことになる。

もう一つの可能性は、ただゾフィーの視点だけに限定することであった。どの観客も、ゲシュタポが尋問のあいだに家宅捜査を徹底的に行なっていることを想像する。尋問官モーアが捜査状況についての情報を受け取っているのを、私たちはゾフィーの視点からも示すことができる。モーアがゾフィーを追いつめ、ついに自白せざるを得なくなるように、知っていることを抜け目なく、頃合いを見計らって持ち出すことを観客はゾフィーとともに感じていく。語りと観客の視点をゾフィーの視点に重ねれば、ゲシュタポとモーアがすでに何を知り得ているのかという疑問が脅威となって、それが古典的なサスペンスの原則に従い、少なくとも高い緊張と情感を生み出すこととなる。それに反して、時間の経過をわかり易く語る可能性はより小さくなる。

以上のようなことを熟考した結果、映画のドラマはゾフィー・ショルの視点からのみできるだけ主観的に語られるのがよいという結論になった。そのため、脚本の構造から始まってシーンの構成や個々のショットまで、ゾフィーが最初から最後まで登場していない場面はけっしてあり得ないという結果となった。ゾフィーとともに私たちは最後のビラの印刷を、自由の身であった最後の時間を、重大な結果を招く大学への歩みを、逮捕を、ほとんど成功したかに見えた最初の頃の否認をめぐる尋問の心理的ドラマを、それに続く自白を、仲間たちを関与させまいとする試みを、そして妥協案の拒否を体験する。私たちはゾフィーとともに、囚人房のなかで長い時間と夜を体験する。いわゆる〈民族裁判所〉でのフライスラー博士の非人間的な即決裁判を、シュターデルハイム刑務所での死刑囚の処遇を、そして処刑を体験する。これによって私たちは、観客を私たちの主人公とできる限り緊密に結びつける。その結びつきが緊密であればあるほど、ゾフィーの運命や彼女の態度、彼女の主張や感情との一体感はますます高まる。

最期の日々への集中

ゾフィーの物語をもっと幅広い発端をもつ映画として語ることもできたであろう。つまり彼女の伝記的な発展を、年少のゾフィー、〈ドイツ女子青年同盟に熱心な少女〉時代から始めて、「白バラ」の抵抗運動の活動に至るまで描くこともできたであろう。しかしゾフィーの運命は最期の五日間に凝集してはいなかったか。この時間のなかで戦争中のいくらか〈通常の〉の生活から始めて、囚われの身となって死ぬまでのゾフィーの歩んだ道をドラマとしていっそうの説得力をもって描くことはできないだろうか。

フェアヘーフェンは、彼の映画のなかで一九四三年の二月十七日から二十二日のあいだについては比較的わずかしか語っていない。フェアヘーフェンの映画は雄大な構想をもっている。彼においては学生の抵抗グループとしての「白バラ」が重要なのである。アドロンは『最期の五日間』において、たしかにゾフィーの死の直前の時に限定したことはしたのだが、本質的にはエルゼ・ゲーベルによって報告された囚人房での出来事を集中して描き、尋問のことにはほとんど触れなかった。私たちは、特に新たに公開された記録文書が事実を一段と明らかにしてくれたおかげで、ゾフィーの最期の五日間を詳細に叙述することができた。囚人房の外の尋問室や法廷で起こったことを含めてである。

私たちは、ゾフィーと彼女の運命が「白バラ」やカール・ムート教授とクルト・フーバー教授のいる大学環境、プロテスタント教徒の市民的である両親の家、そして彼女の両親や兄姉弟との関係などの背景を理解したときにはじめて理解され得ることをよくわかっていた。特にゾフィーの兄ハンスとの緊密な関係、彼との共同生活や精神的な討論は彼女の本質を形成した。このことも、またさらに彼女の抵抗運動へ至る道や私的な友人関係、とりわけフリッツ・ハルトナーゲルとの関係もすべて、ゾフィーの最期の日々に集中する場合には映像化されてはならないであろう。この構想において、それらは対話のなかで表現されるほかはなかった。もともと尋問や裁判、囚人房の場面によって対話の多い脚本は、それらを加えることによってさらに延長されることになる。それは一編の映画においてはかなり問題である。

最期の日々に集中したことは私たちにとってやはり正解であった。たとえばゲシュタポの前で以前はヒトラーに賛同していたことを認めるゾフィーと、自分の感覚の変化を説明し、そのためにそれだけいっそう確信して尋問の最後にモーアに〈私のではなく、あなたがたの世界観が誤っているのです！〉と言い切ることができたゾフィーを観察しても、矛盾がなく、納得できる。映画の登場人物が窮地に立っている限り、映像だけではなく、対話も緊迫感を生み出すことができる。

室内劇

私たちが最期の日々に限定すれば、事実状況からして演ぜられる場所は限られていた。なお大学と法廷のかなり大きな映画向きの場面を除くと、残りのモティーフ、すなわち尋問室、囚人房、廊下、シュターデルハイム刑務所の死刑囚棟などは、視覚的にはむしろ監督やカメラマン、美術監督にとって扱いにくい代物である。費用のかかる戸外での撮影は例外的な作業にとどまることになる。閉ざされた空間のなかで緊迫感を保つことが大切であった。その結果本質的なものへさらに集中していった。映画としての構想はますますはっきりし、撮影、セット、演技、演出、脚本の課題はますます複雑なものになった。

事実と信憑性

映画はできるだけ信憑性をもつべきであり、それゆえそれが可能である限りは厳密に歴史上の事実に即さなければならない。

ゾフィー・ショルの人生に関しては膨大な資料があり、私たちの映画制作を支えてくれた。何よりもまず手紙や日記における自己証言ならびに時代の証人たちの映像や記録文書がある。もし今回加わった新しい事実が、とりわけさまざまな調書がこれほど緊迫感があり詳細にわたるものでなかったとしたら、私たちにゾフィー・ショルの物語を、私たちが成し遂げたように集中して感動的に物語ることができたかどうかわからない。

一九九〇年以降入手可能ではあったが、今までまだ出版されていない記録が迅速に公開され、さらにまもなく家宅捜査と逮捕に関する調書や処刑の経過に関する官僚のメモに至るまで追加されて利用できたのはイムレ・テレクと特にウルリヒ・ショシーのおかげである。そもそもこれらの証拠書類は、さまざまな資料館に分散して保管されており、逮捕から処刑までの期間について、今度のように資料を総合的に使って明らかにすることはこれまでできなかったのである。

しかしこのとき私たちは、仕事を進めていくにつれいずれ気づくことになる、多数の空白部分についてはまだ想像すらしていなかった。また、私たちはさらにどんな重要な発見をして、それが私たちの室内劇をより緊張感のあるものにすることになるのか、知る由もなかった。

調書

私たちは嫌悪感と緊迫感、そして畏怖が入り交じった気持ちで「白バラ」についてゲシュタポが記録した調書を手にした。それをじっくり読むと印象深いのは、尋問の初めに兄妹が自分たちの行為をいかに巧みに否認するかであり、また手に汗を握るのは、ゾフィーが窮地を脱することにほとんど成功するときである。それから有力な証拠が次々と示され、自白せざるを得なくなる。引き続き尋問官モーアは共犯者を割り出そうとする。その後友人や共謀者をできるだけ巻き込まないように必死に努力する苦痛に満ちた時間が続く。そしてついにゾフィーの口述による筆記が、理念に背く代わりに情状酌量のチャンスを与えようとするモーアの〈妥協案〉を彼女がいかに拒否したかを記録している。

言葉の裏を探らなければ、たしかにこれらの記録の一部は、あたかも兄妹が早々と、たいした抵抗もせずに友人たちの名前を明かしたかのように読み取れる。しかしそれは誤りである。というのも、これは犯罪人の手による調書というものだということを忘れてはならない。文体と言葉遣いから判断すれば、調書は明らかに尋問官によって作成されたものである。これはドイツの裁判ならびに警察の伝統に即した方法で、ナチスの発明ではなく、今日もなおこのように実践されている。警官が尋問し、メモをとり、それから被告の面前で調書のテキストをまとめながら口述してタイプさせる。質問と回答は、そのテキストが完成した後になお未解決の点を残しているときにはじめて追加される。

要するに、ゾフィーの場合、調書の内容を決定しているのは、モーアの声、すなわち取調べの結果についての彼の見解であって、ゾフィー自身の証言ではない。モーアのコメントや意思表示、威嚇の試みやほかの策略はそこには見出せない。それに対するゾフィーの反応も記録されていない。しかしおそらく私たちは、政治的な意見交換の部分やゾフィーの勇気ある意見表明を記録から読み取ることができる。

行方不明の伝記

ショル兄妹と「白バラ」のほかのメンバー、さらにフライスラーに関しては、調査によって裏づけられた多数の事実が存在している。けれどもローベルト・モーア、あるいはゾフィーの囚人房仲間のエルゼ・ゲーベルはいったい何者だったのか。エルゼについてはゾフィーといっしょに収監された拘留期間についての証言記録が提出されていた。しかしモーアの場合と同様に、顔かたちや伝記はほとんど見つけ出すことができなかった。さらなる調査を行なわずに、これらの空白部分をフィクションによって埋めるわけにはいかなかった。なぜならば両人とも最期の時期のゾフィーにとって大変重要な人たちであったからである。モーアはゾフィーを死に至らしめ、エルゼはほぼ最期の瞬間まで彼女に付き添っていた。

私たちはローベルト・モーアという人を見つけた。あるイタリアの資料に同名のゲシュタポ法律家が載っている。その人物の親衛隊としての履歴は一九四二年九月で途切れている。一九四二年の終わりにローベルト・モーアという人間がミュンヒェンのゲシュタポが組織する「白バラ」特別委員会に現われる。〈イタリアの〉モーアは資料では〈虐殺の名人〉と呼ばれている。彼は毒ガス車を点検する〈出動隊C〉を率いていた。もしゾフィーがあの犯罪システムの優秀な代表者であった男と相対していたとしたら、どうだろう。けれども同一の人物であるかどうか、疑いが残った。その〈イタリアの〉モーアは年をとりすぎていたし、地位が高すぎた。私たちが捜していたのは〈単なる〉犯罪書記官であった。ウルリヒ・ショシーがさらに調査を続行した。長い時間が経過したのちついにあのミュンヒェンのモーアの息子の名前と住所を入手し、まわるカメラの前で彼に父親について尋ねることができた。すると突然一つの典型的なナチの犯罪人のタイプが浮かび上がってきた。臆病で気むずかしい、順応型の小市民といったタイプにもかかわらず、ゲシュタポにおいてほとんど無制限の権力を同胞に対してふるう男である。外見は親切で用心深いが、しかし尋問をしなければならない被疑者へは非常に計画的に迫っていく男。拷問にかけず、独自の尋問方法で、とりわけ女性の囚人の場合、ほかの同僚たちよりも手腕を発揮していた男。家庭でもモーアは冷たく皮肉な性格を見せていた。モーアは彼の息子に〈フライスラーの下準備人〉と名づけられた男であった。

　ゲーベルの場合も、同様に調査がむずかしいことが明らかになった。たしかに、ゾフィーといっしょにいた留置所での日々について書いたゲーベルの報告はいくつもの言語に翻訳されている。けれどもその書き手についてはいかなる痕跡もなかった。電話帳にゲーベルという名前で載っている、ミュンヒェンと郊外に住んでいる人に手当たり次第電話をするというある種の〈網目スクリーン犯罪捜査〉の後ようやく、私たちはエルゼ・ゲーベルの甥にたどり着いた。

　たしかにアドロンは甥と話をしたことはあったが、エルゼの痕跡は消えてなくなっていた。私たちが何度か甥から話を聞いた後には、突然ゾフィーの最期の同行者の顔と伝記的な輪郭がはっきりした。それで脚本と映画は、エルゼに関してもまたより良い土台の上に肉付けすることができた。

　また重要なのは、ショシーと私たちがいかなる詳細な新証言をアンネリーゼ・クノープ＝グラーフ、あるいはフランツ・ミュラーのような一般に知られた証人から詳細に聞き知ったか、あるいはハンスとゾフィーのまだ存命している末の妹のエリーザベト・ハルトナーゲルが、私たちがまわすドキュメンタリーカメラの前で初めてゾフィーについて語ってくれたことである。

対話

　これらすべての歴史資料から、私たちは対話のテキストを作成しようとした。それは最大限本物に近く、同時に映画的かつ心理的な緊張をはらむ対話でなければならなかった。すでに脚本の第一稿において、脚本家は尋問調書から基本的な対話をいくつも作り出していた。尋問調書が主にモーアの役人言語を再現していることは承知の上であった。

ゾフィーの声の録音が一つもないので、彼女の話し方の特徴は知られていない。脚本も演出も、ゾフィーを演ずる俳優も彼女の話し方を信ずるに足るように新たに創作しなければならなかった。それゆえゾフィーのセリフにはときおり彼女の手紙や日記からの短い引用が、いわば原文の口調らしく含まれている。しかしこれがまた書き言葉なので、話し言葉へと変換させなければならなかった。ごく個人的な関係についての祈りから知的で政治的な討論に至るまで、対話のテキストが示す主題の広がりは、映画のなかでは言語表現上渾然一体としていなければならない。それを達成するために、元のテキストを広範囲にわたって手直しする作業が不可欠であった。

ドイツの官庁や裁判の伝統に従って、〈民族裁判所〉における公判の逐語的な調書はなかった。ドイツの高等裁判所では審理の結果についての調書が取られる。そこで脚本家は、明らかにフライスラー自身の手による判決文から彼の長い荘重なモノローグを抜き出し、七月二十日の暗殺者に対する訴訟の映像記録から抜き出した典型的な言い回しを融合させることで間に合わせることにした。フライスラーの話し方の特徴は、そのうえ映像資料によっても知られていた。なぜなら、推測するに、わざわざベルリンから出張してきたフライスラーは、学生による抵抗運動を衆人環視のなかで誹謗するために、一九四三年二月のショル兄妹とプロープストに対する訴訟を、自分自身と政権のために最初の大きな見せしめのための公開裁判として演出したのである。その裁判において、三人の被告もまた自分たちの考えを世間に発表する好機だと認識していたにちがいない。「白バラ」のビラの大部分は、受け取った人によって警察へ届けられ、ゲシュタポによってすぐさま押収されていた。それにひきかえフライスラーはビラを公開審理の対象としなければならなかった。突如として私たちは映画の古典的な一騎打ちの場面を出現させていた。そのなかでフライスラーは単に大きな顔をして審理を仕切ったり脅迫したりすればよいのではなく、反応したり闘ったりしなければならないのである。

セット、衣装、メーキャップ

フライスラーが書割として選んだ裁判所の壮麗な二一六室もゲシュタポの司令本部であったブリーンナー通りのヴィッテルスバッハ宮殿も今はもう存在していない。過去の実際の姿にできるだけ近づくために、私たちは宮殿の昔の建築設計図を調べ、その後セット班はスタジオに尋問室、待合室、囚人房を造った。家具調度については時代の証人に尋ねた。戦後取り壊された建物の外観は、映画のために同時代の写真を模してデジタル効果によってデザインされた。プラハにまで足を運び、セット班は公判に適した部屋を探した。結局ミュンヒェン市の市庁舎内の小ホールで撮影を行なった。ほぼ同じ時代に建設されたホールは豪奢な歴史的法廷ホールに匹敵していた。

私たちは、視界を設定するにあたってゾフィーの視野から少しばかりはみ出るようにしたのと同様に、衣装やメーキャップにおいても、可能な限り本物らしい物語を追求するという私たちの原則からごく目立たない程度にはみ出る例外を作った。主人公たちの衣装やメーキャップは歴史に基づいている。制作事務所の写真貼りつけ用の壁を見ると、制作チームが同時代の写真や証拠品といかに厳密に取り組んでいたかがわかる。観客に過去の時代の映画を観ていることを次第に忘れさせ、観客と主人公の距離をさらに縮め、観客にできるだけゾフィーと文字通り同じ時点でいっしょに夢中になってもらうために、私たちは多彩な可能性のなかにそのつどもっとも現代に近いメーキャップや衣装を探し求めた。

ビラの機能

「白バラ」のビラには、作劇上の中心的な価値が置かれなければならなかった。このビラのために学生たちは起訴され、死刑判決を受け、処刑された。それゆえにビラのテキストには、一種の主役の座がふさわしい。

ただし問題は、よく練り上げられた、知的な内容に富んだビラの表現を、引用文をいつも並べることはせずに映画のなかにいかに収めるかということであった。しかしながらビラは脚本の一種のバックボーンを形成しなければいけない。こうした観点からこの脚本を読む人はみな、映画の最初にある印刷のシーンにおいて第六番目のビラの中心部分の引用を見出すであろう。そのビラは観客に当時の歴史的政治的な状況を説明すると同時に、戦争はただちに終結されなければならない、政府は倒されなければならない！　という「白バラ」の基本理念を明確に示す。私たちはこの原文通りの引用を投入するのがよいという点で意見が一致した。この引用文は、私たちが作劇上このシーンで必要としていたシグナルの性格を備えている。

ビラの原文と脚本を比較する人は、脚本をさらに読み進めるうちに、第六番目のビラの全文を基にした対話を見つけることになるであろう。それは、一部は原文通りの引用だが、たいていビラの意味内容に即した対話である。「白バラ」という学生の抵抗運動の精神的な態度を、このような対話化によって彼ら自身の言葉から表現しようとするより自然な方法があったであろうか。

映画における希望の原理

特に重要であるのは〈希望〉というテーマであった。ゾフィーは最期まで希望をもち続けなければならなかった。希望がなければ、ゾフィーの運命はあまりに早く決定されすぎたと観客の目に映ったであろう。ゾフィーの物語は彼女の死で終わることはたしかにだれもが知っていることであるが、しかしもし観客が彼女といっしょに感じ、彼女といっしょに死ぬまで望みを抱き続けることができれば、心理的緊張は保たれ続ける。

希望は、ゾフィーの物語において一つにまとまっているものではなく、いくつもの側面をもち、濃淡があり、分割されている。いわば大切な蓄えがゆっくりと、とりわけ目に見えて減ってはいくが、しかし運命が良い方向に変わる見込みは依然として消えていないようなものである。

即刻の終戦と政治情勢の根本的変革への基本的な期待なしには「白バラ」の抵抗運動は考えられない。同時に、自分がナチスのシステムが行なう殺人の犠牲者にならないという望みが当然あった。さらに「白バラ」の仲間たちを巻き込まずにおくという望み。あるいは間近に迫っている連合軍の侵攻とその後可能となる即座の解放への望み。エルゼ・ゲーベルによって、〈単なる〉強制収容所送り、または懲罰部隊への配置、あるいは〈単なる〉懲役という希望もあったことが証言されている。そして最後には、長期間の裁判によってさらに時間が稼げるという望み。

私たちはこれらの希望の要素を正確に按配し、ほとんど見込みのないように思われるが、しかしそれでもあり得なくはない希望を最後までゾフィーのために守ろうとした。処刑までの九九日の猶予期間はどの死刑囚にも認められている、という刑務所に流布していた噂が本当であるという望みである。

そして最後の最後になお、ゾフィーの死にもかかわらず、最後に「白バラ」の理念が勝利するという希望。

結末と終わりの字幕

そうしてこの最後の希望は叶えられた。ただしなお二年以上も続いた、数百万人の犠牲者を出した苦痛に満ちた戦争の後ようやくであったが。しかし一つのことだけは起こらなかった。「白バラ」が呼びかけたようには、ドイツ人は正気にかえらず、テロ政権から自ら自由になることはなかった。そのため連合軍がドイツを解放しなければならなかった。それからようやく第二の共和国の再建が始まり、その基本法のなかに「白バラ」のビラにあった要求の多くが盛り込まれている。

ゾフィー・ショルの物語がいかにドラマチックで悲しいとはいえ、この物語には少なくともこの一つの良い結末がある。この結末を胸にしまって観客には映画館を後にしてほしい。つまり、一つの理念とその確信のために闘うことは無駄ではないのである。

映画の終わりの字幕において、私たちはこのことを象徴的に示した。一九四三年にビラが連合軍の爆撃機からドイツ上空へばらまかれた。十万枚も。それらのビラには、〈ドイツ人学生の声明〉というタイトルのもと「白バラ」の第六番目のビラのテキストが含まれていた。私たちはこれをデジタル化した映像によって記している。ゾフィー・ショルが一人で闘ったのでないことをはっきりさせるために、私たちはゾフィーの名前を「白バラ」のほかのメンバーといっしょに終わりの字幕において挙げた。それぞれ〈民族裁判所〉が言い渡した量刑とともに。そして最後に私たちはトーマス・マンの言葉と、ドイツ人の抵抗運動について一九四六年に述べたとされるウィンストン・チャーチルの印象深い見解を引用する。

訳者あとがき

本書は、映画『白バラの祈り――ゾフィー・ショル、最期の日々』のドイツでの封切りに合わせて、脚本と製作を担当したフレート・ブライナースドルファーが編者となって同国で出版されたFred Breinersdorfer (Hrsg.): "Sophie Scholl - Die letzten Tage" (2005, Fischer Taschenbuch Verlag) のうち、オリジナル・シナリオと、監督マルク・ローテムントおよびブライナースドルファーによる映画成立の記録「事実からのインスピレーション」からなる第四章を翻訳したものである。『白バラの祈り』は、二〇〇五年ベルリン国際映画祭コンペティション部門で初上映されて銀熊賞（最優秀監督賞、最優秀主演女優賞）に輝き、そのすぐあとから一般公開されて大ヒットを記録した。その後も同作品は多くの賞を受け、米国アカデミー賞外国語映画賞の候補作品にも選ばれている。

冒頭に書かれている通り、ここに訳出されたシナリオは撮影前に準備されていたオリジナルであり、劇場公開版では時間超過のために割愛されざるをえなかった場面が数多く含まれている。またいうまでもなく本書では、映画字幕においては字数制限のために簡略化せざるをえなかった部分もすべて訳出してある。映画『白バラの祈り』に感銘を覚えた方々にとっては、本書を読むことによってストーリーの背景や脚本家の意図がいっそう明確になるだろうし、編集の段階でどんな部分が残され、どんな部分がカットされたかを知ることも興味深く感じられることだろう。

なお翻訳の作業は、オリジナル・シナリオの本文を瀬川が、注と「事実からのインスピレーション」を渡辺が担当した。貴重なデータが豊富に収められた原著のうち、本書で訳出されなかった部分は、『白バラの祈り――ゾフィー・ショル、最期の日々〔資料篇〕』（仮）として未來社から続刊予定である。

二〇〇六年一月十六日　瀬川裕司

第一監督助手　ヘルムート・フルス、フィリップ・ハウケ
編集監督　ヨー・N・シュレーダー
製作監督　パトリック・ブラント
第一録音監督　ジョエル・サバ＝スイス
セット・録音監督　カロリン・フォン・フリッチュ
撮影　マルティン・ランガー
撮影助手　クリスティアン・ドゥルツトゥス
ステディカム操作　トーマス・フリッシュフート
照明　ヴォルフガング・デル
録音主任　ローラント・ヴィンケ
録音助手　ペーター・ブルュックルマイアー
美術　ヤーナ・カーレン＝ブライ
美術助手　マクシミリアン・ランゲ
屋外小道具　フリッツ・ガラ
屋内小道具　マンフレート・ヘアマン
セット　ヨーゼフ・ヤーコプ
衣装撮影　ナタシャ・クルティウス＝ノス
衣装助手　クラウディア・ベルシュ
メーキャップ　マルティーネ・フレナー、グレーゴア・エックシュタイン
編集　ハンス・フンク
編集助手　アンジャーナ・エッシェンバッハ
キャスティング　ネシー・ネスラウアー
スチール　ユルゲン・オルチック、エリカ・ハウリ、ラウレント・トリュンパー
歴史考証　ウルリヒ・ショシー
調査　イムレ・テレク、マルクス・ミュラー、クリスティアン・ハルトマン博士
音声録音主任　チャンギス・チャロク

映画配給　X配給株式会社

配役とスタッフ

ゾフィー・ショル　ユリア・イエンチ
ハンス・ショル　ファビアン・ヒンリヒス
ローベルト・モーア　アレクサンダー・ヘルト
ローラント・フライスラー　アンドレ・ヘンニッケ
クリストフ・プロープスト　フロリアン・シュテッター
アレクサンダー・シュモレル　ヨハンネス・ズーム
ヴィリー・グラーフ　マクシミリアン・ブリュックナー
エルゼ・ゲーベル　ヨハンナ・ガストドルフ
ヤーコプ・シュミート　ヴォルフガング・プレーグラー
ヴュスト教授　ノルベルト・ヘックナー
ローベルト・ショル　イェルク・フーベ
マクダレーナ・ショル　ペトラ・ケリング
ギゼラ・シェルトリング　リリー・ユング
ロッハー　クラウス・ヘンドル
ヴァイヤースベルク　クリスティアン・ヘーニング
アウグスト・クライン　パウル・ヘルヴィヒ
看守　マリア・ホーフシュテッター
アルト牧師　ヴァルター・ヘス
監督　マルク・ローテムント
脚本　フレート・ブライナースドルファー
製作　ゴルトキント・フィルム／ブロート・フィルム、クリストフ・ミュラー、スヴェン・ブルゲマイスター、マルク・ローテムント、フレート・ブライナースドルファー
共同製作　バイエルン放送、南西放送、アルテ

■著者略歴

フレート・ブライナースドルファー（Fred Breinersdorfer）
46年生。弁護士、作家。ドイツ作家協会会長。

マルク・ローテムント（Marc Rothemund）
68年生。映画監督。監督作に *Das Merkwürdige Verhalten geschlechtsreifer Großstädter*（98）、*Harte Jungs*（99）、*Die Hoffnung stirbt zuletzt*（2002）他。

■訳者略歴

瀬川裕司（せがわゆうじ）
57年生。明治大学教授。ドイツ文学・文化史。著書に『ナチ娯楽映画の世界』（平凡社、2000年）、『美の魔力』（パンドラ、2001年）、『映画都市ウィーンの光芒』（青土社、2003年）他。

渡辺徳美（わたなべなるみ）
明治大学助教授。ドイツ現代文学。共著に *Medien und Rhetorik-Grenzgänge der Literaturwissenschaft*（München: iudicium, 2003)、論文に「エルンスト・シュナーベルのフィーチャー『1947年1月29日』」（「ドイツ文学」第98号、日本独文学会、1997年）他。

白バラの祈り

——ゾフィー・ショル、最期の日々〔オリジナル・シナリオ〕

2006年2月1日　初版第一刷発行

（本体2200円＋税）——定価

フレート・ブライナースドルファー——著

瀬川裕司、渡辺徳美——訳

HOLON——装幀

西谷能英——発行者

株式会社　未來社——発行所

〒112-0002 東京都文京区小石川3－7－2
tel 03-3814-5521（代表）
http://www.miraisha.co.jp/
E-mail: info@miraisha.co.jp
振替 00170-3-87385

萩原印刷——印刷・製本

ISBN 4-624-70087-2 C0074

〔改訳版〕白バラは散らず　インゲ・ショル著　内垣啓一訳

〔ドイツの良心　ショル兄妹〕ナチズムの嵐の吹き荒れる四〇年代のドイツで戦争と権力への必死の抵抗を試み、処刑されていった学生・教授グループの英雄的闘いの記録。　一二〇〇円

権力と良心　フィールハーバー他編　中井晶夫・佐藤健生訳

〔ヴィリー・グラーフと白バラ〕ナチズムにたいする抵抗史のなかで、ひときわ胸を打つ「白バラ」の一員、処刑されたW・グラーフの伝記資料、手紙、日記等を編んだドキュメント。　一五〇〇円

白バラ抵抗運動の記録　ペトリ著　関楠生訳

ショルの『白バラは散らず』で、多くの感動と共感を呼んだ抗ナチ学生抵抗運動「白バラ」の背景と運動を克明につづり、ビラ、裁判記録、文献等を網羅する。　二八〇〇円

ドイツ戦争責任論争　ヴィッパーマン著　増谷英樹他訳

〔ドイツ「再」統一とナチズムの「過去」〕「普通のドイツ人」の戦争犯罪を問うたゴールドハーゲン論争を機に、ナチズムを免責するさまざまな議論を明快に整理、分析、批判する。　一八〇〇円

議論された過去　ヴィッパーマン著　林功三・柴田敬二訳

〔ナチズムに関する事実と論争〕ナチズムをめぐる論争をテーマごとに総括。ドイツがどのように負の歴史を背負いつつ、葛藤し応答していったかが、浮かび上がる。　三八〇〇円

ベルリン地下組織　フリードリヒ著　若槻敬佐訳

〔反ナチ地下抵抗運動の記録〕一九三八年から四五年までの間、ドイツ国内で何が起っていたか、自由意志で国外亡命せず、粘り強くナチに抵抗しつづけてきた一ジャーナリストの日記。　三〇〇〇円

（消費税別）